汪曾祺
自编文集

梁由之 主编

汪曾祺小品

汪曾祺 著

上海三联书店

新版前言

梁由之

一

据汪曾祺先生的子女汪朗、汪明、汪朝统计，老头儿一辈子，自行编定或经他认可由别人编选的集子，拢共出了二十七种。严格一点，不妨将前者称为"汪曾祺自编文集"。

自编文集，文体比较单纯：基本都是短篇小说、散文和随笔，偶有一点新、旧体诗，还有一本文论集，一本人物小传。时间跨度，却大得出奇：第一本跟第二本，隔了十余年；第二本跟第三本，又隔了差不多二十年；第一本小说集《邂逅集》跟第一本散文集《蒲桥集》，更是隔了整整四十年。……谁实为之，孰令致之？说来话长，不说也罢。汪先生享年七十七岁，1987年之前的六十六年，他仅出了四本书。汪氏曾自我检讨说："我写得太少了！"

1987年始，汪老进入生命的最后十年。这十年，就数量而论，是他创作的高峰期，占平生作品泰半。同时，也是出书的高峰期。除 1990 年、1991 年两年是空白外，每年都有新书面世。1993 年、1995 年，更是臻于顶峰，合计接近两位数。这固然反映了汪先生的作品受到各方热烈欢迎乃至追捧，但也不可避免地导致若干集子重复的篇什较多——这似乎是一个悖论，并非个别现象。

我曾写道：

无缘亲炙汪曾祺先生，梁某引为毕生憾事。他的作品，是我的至爱。读汪三十余年，兀自兴味盎然，爱不释手。深感欣慰的是，吾道不孤，在文学市场急剧萎缩的时代大背景下，汪老的作品却是个难得的异数，各种新旧选本层出不穷，汪粉越来越多。在平淡浮躁的日常生活中，沾溉一点真诚朴素的优雅、诗意和美感，大约是心灵的内在需求罢。

那么，有无必要与可能，出版一套比较系统、完整、真实的"汪曾祺自编文集"，提供给市场和读者呢？答案是肯定的。

汪老去世已逾二十一年，自编文集旧版市面上早已不见踪影，一书难求。倒也间或出过几种新版，但东零西碎，不成气候。个别相对整齐些的，内容却肆意增删，力度颇大，抽换少则几篇，多则达到十余篇甚至二十多篇，旧名新书，面目全非，是一种名实不副不伦不类的奇葩版本。我一直认为，既然是作者自编文集，他人就不要、不必且不能擅改。至于集子本身的缺憾，任何版本，皆在所难免，读者各凭所好就好。

本系列新版均据汪老当年亲自编定的版本排印，书名、序跋、篇目、原注，一仍其旧，原汁原味。只对个别明显的舛误予以订正。加印时作者所写的序跋，均作为附录。这套货真价实如假包换的"汪曾祺自编文集"，相信自有其独特的价值和生命力。

二

《汪曾祺小品》是作者首部，也是唯一一部专收"小品文"且以之命名的小册子。当时被列入共有四本的"名家小品自选系列"，以集束方式推向市场。另三位作者，为季羡林、金克木、张中行。出版半年多，便加印了一次。

散文、随笔、小品文，无论概念，还是边际，一向都有些模糊。在《自序》中，汪老就什么是小品文，必要的写作准备，自己写小品文的态度，做了坦率又剀切的叙说，自成一家之言。所收文章，话题宽泛，行文潇洒，见识通达，生活与书本知识的含量都比较高，开卷有益。尽可随时打开，随意看上几篇，既富滋养，又可休憩。

新版据中国人民大学出版社 1992 年 10 月版印制。

2018 年 7 月 24 日凌晨
夏历戊戌大暑后一日
记于深圳天海楼

目 录

自　序

　　我没有想过把我写的非小说散文归一归类，没想过哪些算是小品文，哪些不算。我在写作的时候，思想里甚至没有浮现过"小品文"这个名词。什么是"小品文"，也很难界定。

　　提起"小品文"很容易让人想起"晚明小品"。"晚明小品"是特定的历史时期的产物，是一种文化现象，社会现象，反映了明季的知识分子的心态。其次才是在文体方面的影响。我们现在说"晚明小品"多着重在其文体，其实它的内涵要更深更广得多。我们今天所说的"小品"和"晚明小品"有质的不同。可以说"小品文"这个概念不是从"晚明小说"沿袭来的。西班牙的阿左林的一些充满人生智慧的短文，其实是诗，虽然也叫作小品。现在所说的"小品文"的概念是从英国的 Essay 移植过来的。Essay 亦称"小论文"，是和严肃的学术著作相对而言的。小品文对某个现象，某种问题表示一定的见解。

《辞海》说小品文往往"夹叙夹议地讲一些道理"是对的。这些见解不一定深刻，但一定要是个人的见解。我现在就按照这样的标准来编选这本书。

我没有研究过现代文学史，但觉得小品文在中国的名声似乎不那么好。其罪名是悠闲。中国现代小品文的兴起，大概是在三十年代。其时正是强邻虎视，国事蜩螗的时候，悠闲总是不好。悠闲使人脱离现实，使人产生消极的隐逸思想。有人为之辩护，说这是"寄沉痛于悠闲"，骨子里是积极的，是有所不为的。这自然也有道理。但是总还是悠闲。其实悠闲并没有什么错，即使并不寄寓沉痛。因为怕被人扣上悠闲的帽子，四十年代写小品文的就不多，五十年代简直就没有什么人写了。"小品文"一直带着洗不清的泥渍，若隐若现。小品文的重新"崛起"，是近十年的事。这是因为什么呢？

小品文崛起这个文学现象，是和另一个更大的文学现象，即散文的振兴密不可分的。小品文是散文的组成部分，如果其他散文体裁不兴旺，只是小品文一枝独秀，是不可能的。为什么读者对散文感兴趣？我在《蒲桥集》再版后记中说："这大概有很深刻、很复杂的社会原因和文学原因。生活的不安定是一个原因。喧嚣扰攘的生活使大家的心情变得很浮躁，很疲劳，活得很累，他们需要休息，'民亦劳止，汔可小休'，需要安慰，需要一点清凉，一点宁静，或者像我以前说过的那样，需要'滋润'。"小品文可以使读者得到一点带有文化气息的，健康的休息。小品文为人所爱读，也许正因为悠闲。小品文可以使读者增长一点知识，虽然未必有用。至于其中所讲的"道理"，当然是可听可不听的。

在小品文的作者自己，是可以有点事做。独居终日，无所事事，总不是事。写写小品文，对宇宙万汇，胡思乱想一气，可以感觉到自己像个人似的活着，感到自己的存在。写小品文对自己的思想是个磨炼，流水不腐，可以避免思想僵化。人不可懒，尤其不可懒于思想，如果能保持对事物的新鲜感，思想敏锐，亦是延年却老之一法。人是得有点事做，孔子曰："不有博弈者乎？为之犹贤乎已。"另外，为了写小品文，有时就得翻翻资料，读一点书。朱光潜先生曾说过：为了写文章而读书，比平常读书，可以读得更深，是经验之谈。朱自清先生曾把他的书斋命名为"犹贤博弈斋"，魏建功先生曾名他的书斋为"学无不暇簃"，学无不暇，贤于博弈，是我写小品文的态度。

是为序。

一九九二年四月二十二日

传　神

　　看过一则杂记，唐朝有两个大画家，一个好像是韩干，另外一个我忘了，二人齐名，难分高下。有一次，皇帝——应该是玄宗了——命令他们俩同时给一个皇子画像。画成了，皇帝拿到宫里请皇后看，问哪一张画得像。皇后说："都像。这一张更像。——那一张只画出皇子的外貌，这一张画出了皇子的潇洒从容的神情。"于是二人之优劣遂定。哪一张更像呢？好像是韩干以外的那一位的一张。这个故事，对于写小说是很有启发的。

　　小说是写人的。写人，有时免不了要给人物画像。但是写小说不比画画，用语言文字描绘人物的形貌，不如用线条颜色表现得那样真切。十九世纪的小说流行摹写人物的肖像，写得很细致，但是不易使读者留下深刻的印象。但是用语言文字捕捉人物的神情——传神，是比较容易办到的，有时能比用颜色线条表现得更鲜明。中国画讲究"形神兼备"，对于写小说来说，传神比写形象更为重要。

我的老师沈从文写《边城》里的翠翠乖觉明慧，并没有过多地刻画其外形，只是捕捉住了翠翠的神气：

翠翠在风日里长养着，把皮肤变得黑黑的，触目为青山绿水，一对眸子清明如水晶。自然既长养她且教育她，为人天真活泼，处处俨然如一只小兽物。人又那么乖，如山头黄麂一样，从不想到残忍事情，从不发怒，从不动气。平时在渡船上遇陌生人对她有所注意时，便把光光的眼睛瞅着那陌生人，作成随时皆可举步逃入深山的神气，但明白了人无机心后，就又从从容容地在水边玩耍了。

鲁迅先生曾说过：有人说，画一个人最好是画他的眼睛。传神，离不开画眼睛。

《祝福》两次写到祥林嫂的眼睛：

她不是鲁镇人。有一年的冬初，四叔家里要换女工，做中人的卫老婆子带她进来了，头上系着白头绳，乌裙，蓝夹袄，月白背心，年纪大约二十六七，脸色青黄，但两颊却还是红的。卫老婆子叫她祥林嫂，说是自己母家的邻舍，死了当家人，所以出来做工了。四叔皱了皱眉，四婶已经知道了他的意思，是在讨厌她是一个寡妇。但看她模样还周正，手脚都壮大，又只是顺着眼，不开一句口，很像一个安分耐劳的人，便不管四叔的皱眉，将她留下了。

我这回在鲁镇所见的人们中，改变之大，可以说无过于她的了：五年前的花白的头发，即今已经全白，全不像四十上下的人；脸上瘦削不堪，黄中带黑，而且消尽了先前悲哀的神色，仿佛是木刻似的；只有那眼珠间或一轮，还可以表示她是一个活物。

"顺着眼"，大概是绍兴方言；"间或一轮"，现在也不大用了，但意思是可以懂得的，神情可以想见。这"顺"着的眼和间或一轮的眼珠，写出了祥林嫂的神情和她的悲惨的遭遇。

我在篇小说里用过画眼睛的方法：

两个女儿，长得跟她娘像一个模子里脱出来的。眼睛尤其像，白眼珠鸭蛋青，黑眼珠棋子黑，定神时如清水，闪动时像星星。浑身上下，头是头，脚是脚。头发滑滴滴的，衣服格挣挣的。——这里的风俗，十五六岁的姑娘就都梳上头了。这两个丫头，这一头的好头发！通红的发根，雪白的簪子！娘女三个去赶集，一集的人都朝她们望。

巧云十五岁，长成了一朵花。身材、脸盘都像妈。瓜子脸，一边有一个很深的酒窝。眉毛黑如鸦翅，长入鬓角。眼角有点吊，是一双凤眼。睫毛很长，因此显得眼睛经常眯眯着；忽然回头，睁得大大的，带点吃惊而专注的神情，好像听到远处有人叫她似的。

对于异常漂亮的女人，有时从正面直接地描写很困难；或者已经写了，还嫌不足，中国的和外国的古代的诗人，便不约而同地想出另外一种聪明的办法，即换一个角度，不是描写她本人，而是间接地，描写看到她的别人的反应，从别人的欣赏、倾慕来反衬出她的美。希腊史诗《伊里亚特》里的海伦皇后是一个绝世的美人，但是荷马在描写她的美时，没有形容她的面貌肢体，只是用相当篇幅描写了看到她的几位老人的惊愕。汉代乐府《陌上桑》描写罗敷，也是用的这种方法：

行者见罗敷，下担捋髭须。

少者见罗敷，脱帽著帩头。

耕者忘其犁，锄者忘其锄。

来归相怨怒，但坐观罗敷。

这种方法，不能使人产生具体的印象，但却可以唤起读者无边的想象。他没有看到这个美人是如何的美，但是他想得出她一定非常的美。这样的写法是虚的，但是读者的感受是实的。

这种方法，至少已经有了两千多年的历史了，但是现代的作家还在用着。赵树理《小二黑结婚》写小芹，就用过这种方法（我手边无树理同志这篇小说，不能具引）。我在《大淖记事》里写巧云，也用了这种方法：

……她在门外的两棵树杈之间结网，在淖边平地上织席，就有一些少年人装着有事的样子来来去去。她上街买东西，甭管是买肉，买菜，打油，打酒，撕布，量头绳，买梳头油、雪花膏，买石碱、浆块，同样的钱，她买回来，份量都比别人多，东西都比别人的好。这个奥秘早被大娘、大婶们发现，她们就托她买东西，只要巧云一上街，都挎了好几个竹篮，回来时压得两个胳臂酸疼酸疼。泰山庙唱戏，人家都是自己扛了板凳去，巧云散着手就去了。一去了，总有人给她找一个得看的好座。台上的戏唱得正热闹，但是没有多少人叫好。因为好些人不是在看戏，是看她。

前引《受戒》里的"娘女三个赶集，一集的人都朝她们望"，用的也是这方法，只是繁简不同。

这些方法古已有之，应该说是陈旧的方法了，但是运用得好，却可以使之有新意，使人产生新鲜感。方法是不难理解的，也是不难掌握的，但是运用起来，却有不同。运用得好，使人觉得自自然然，很妥帖，很舒服，不露痕迹。虽然有法，恰似无法，用了技巧，却显不出技巧，好像是天生的一段文字，本来就该像这样写。用得不好，就会显得卖弄做作，笨拙生硬，使人像吃馒头时嚼出一块没有蒸熟的生面疙瘩。

这些写神情、画眼睛，从观赏者的角度反映出人的姿媚，都只是方法，是"用"，而不是"体"。"体"，是生活。没有丰富的生活积累，只是知道这些方法，还是写不出好作品的。反之，生活丰富了，对于这些方法，也就容易掌握，容易运用自如。

不过，作为初学写作者，知道这些方法，并且有意识地做一些练习，学习用几句话捉住一个人的神情，描绘若干双眼睛，尝试从别人的反应来写人，是有好处的。这可以锻炼自己的艺术感觉，并且这也是积累生活的验方。生活和艺术感是互相渗透，互为影响的。

谈风格

一个人的风格是和他的气质有关系的。布封说过:"风格即人。"中国也有"文如其人"的说法。人和人是不一样的。趋舍不同,静躁异趣。杜甫不能为李白的飘逸,李白也不能为杜甫的沉郁。苏东坡的词宜关西大汉执铁绰板唱"大江东去",柳耆卿的词宜十三四女郎持红牙板唱"今宵酒醒何处,杨柳岸晓风残月"。中国的词大别为豪放与婉约两派。其他文体大体也可以这样划分。不知从什么时候起,因为什么,豪放派占了上风。茅盾同志曾经很感慨地说:现在很少人写婉约的文章了。"十年浩劫",没有人提起风格这个词。我在"样板团"工作过。江青规定:"要写'大江东去',不要'小桥流水'!"我是个只会写"小桥流水"的人,也只好跟着唱了十年空空洞洞的豪言壮语。三中全会以后,我才又重新开始发表小说,我觉得我可以按照我自己的样子写小说了。三中全会以后,文艺形势空前大好的标志之一,是出现了很多不同风格的作品。这一点是"十七年"所不能比拟的。那时作品的风格比较单一。茅盾同志发出感慨，正是在这样的时候。一个人要使自己的作品有风格，要能认识自己、发现自己，并且，应该不客气地说，欣赏自己。"我与我周旋久，宁作我。"一个人很少愿意自己是另外一个人的。一个人不能说自己写得最好，老子天下第一。但是就这个题材，这样的写法，以我为最好，只有我能这样的写。我和我比，我第一！一个随人俯仰，毫无个性的人是不能成为一个作家的。

其次，要形成个人的风格，读和自己气质相近的书。也就是说，读自己喜欢的书，对自己口味的书。我不太主张一个作家有系统地读书。作家应该博学，一般的名著都应该看看。但是作家不是评论家，更不是文学史家。我们不能按照中外文学史循序渐进，一本一本地读那么多书，更不能按照文学史的定论客观地决定自己的爱恶。我主张抓到什么就读什么，读得下去就一连气读一阵，读不下去就抛在一边。屈原的代表作是《离骚》，我直到现在还是比较喜欢《九歌》。李、杜是大家，他们的诗我也读了一些，但是在大学的时候，我有一阵偏爱王维，后来又读了一阵温飞卿、李商隐。诗何必盛唐。我觉得龚自珍的态度很好："我论文章恕中晚，略工感慨是名家。"有一个人说得更为坦率："一种风情吾最爱，六朝人物晚唐诗。"有何不可。一个人的兴趣有时会随年龄、境遇发生变化。我在大学时很看不起元人小令，认为浅薄无聊。后来因为工作关系，读了一些，才发现其中的淋漓沉痛处。巴尔扎克很伟大，可是我就是不能用社会学的观点读他的《人间喜剧》。托尔斯泰的《战争与和平》，我是到近四十岁时，因为成了右派，才在劳动改造的过程中硬着头皮读完了的。孙犁同志说他喜欢屠格涅夫的长篇，不喜欢他的短篇；我则正好相反。我认为都可以。作家读书，允许有偏爱。作家所偏爱的作品往往会影响他的气质，成为他的个性的一部分。契诃夫说过：告诉我你读的是什么书，我就可知道你是一个怎样的人。作家读书，实际上是读另外一个自己所写的作品。法郎士在《生活文学》第一卷的序言里说过，"为了真诚坦白，批评家应该说：'先生们，关于莎士比亚，关于拉辛，我所讲的就是我自己'"。作家更是这样。一个作家在谈论别的作家时，谈的常常是他自己。"六经注我"，中国的古人早就说过。

一个作家读很多书，但是真正影响到他的风格的，往往只有不多的作家，不多的作品。有人问我受哪些作家影响比较深，我想了想：古人里是归有光，中国现代作家是鲁迅、沈从文、废名，外国作家是契诃夫和阿左林。

我曾经在一次讲话中说到归有光善于以清淡的文笔写平常的人事。这个意思其实古人早就说过。黄梨洲《文案》

卷三《张节母叶孺人墓志铭》云：

> 予读震川文之为女妇者，一往情深，每以一二细事见之，使人欲涕。盖古今来事无巨细，唯此可歌可泣之精神，长留天壤。

姚鼐《与陈硕士》尺牍云：

> 归震川能于不要紧之题，说不要紧之语，却自风韵疏淡，此乃是于太史公深有会处，此境又非石士所易到耳。

王锡爵《归公墓志铭》说归文"无意于感人，而欢愉惨恻之思，溢于言表"。连被归有光诋为"庸妄巨子"的王世贞在晚年也说他"不事雕饰而自有风味"（《以归太仆赞序》）。这些话都说得非常中肯。归有光的名文有《先妣事略》《项脊轩志》《寒花葬志》等篇。我受到影响的也只是这几篇。归有光在思想上是正统派，我对他的那些谈学论道的大文实在不感兴趣。我曾想：一个思想迂腐的正统派，怎么能写出那样富于人情味的优美的抒情散文呢？这问题我一直还没有想明白。归有光自称他的文章出于欧阳修。读《泷冈阡表》，可以知道《先妣事略》

这样的文章的渊源。但是归有光比欧阳修写得更平易，更自然。他真是做到"无意为文"，写得像谈家常话似的。他的结构"随事曲折"，若无结构。他的语言更接近口语，叙述语言与人物语言衔接处若无痕迹。他的《项脊轩志》的结尾：

> 庭有枇杷树，吾妻死之年所手植也，今已亭亭如盖矣！

平淡中包含几许惨恻，悠然不尽，是中国古文里的一个有名的结尾。使我更为惊奇的是前面的：

> 吾妻归宁，述诸小妹语曰："闻姊家有阁子，且何谓阁子也？"

话没有说完，就写到这里。想来归有光的夫人还要向小妹解释何谓阁子的，然而，不写了。写出了，有何意味？写了半句，而闺阁姊妹之间闲话神情遂如画出。这种照生活那样去写生活，是很值得我们今天写小说时参考的。我觉得归有光是和现代创作方法最能相通，最有现代味儿的一位中国古代作家。我认为他的观察生活和表现生活的方法很有点像契诃夫。我曾说归有光是中国的契诃夫，并非怪论。

中国现代作家的作品我读得比较熟的是鲁迅。我在下放劳动期间曾发愿将鲁迅的小说和散文像金圣叹批《水浒》那样，逐句逐段地加以批注。搞了两篇，因故未竟其事。中国五十年代以前的短篇小说作家不受鲁迅的影响的，几乎没有。近年来研究鲁迅的谈鲁迅的思想的较多，谈艺术技巧的少。现在有些年轻人已经读不懂鲁迅的书，不知鲁迅的作品好在哪里了。看来宣传艺术家鲁迅，还是我们的责任。这一课必须补上。

我是沈从文先生的学生。

废名这个名字现在几乎没有人知道了。国内出版的中国现代文学史没有一本提到他。这实在是一个真正很有特点的作家。他在当时的读者就不是很多，但是他的作品曾经对相当多的三十年代、四十年代的青年作家，至少是北方的青年作家，产生过颇深的影响。这种影响现在看不到了，但是它并未消失。它像一股泉水，在地下流动着。也许有一天，会汩汩地流到地面上来的。他的作品不多，一共大概写了六本小说，都很薄。他后来受了佛教思想的影响，作品中有见道之言，很不好懂。《莫须有先生传》就有点令人莫名其妙，到了《莫须有先生坐飞机以后》就不知所云了。但是他早期的小说，《桥》《枣》《桃园》和《竹林的故事》，写得真是很美。他把晚唐诗的超越理性，直写感觉的象征手法移到小说里来了。他用写诗的办法写小说，他的小说实际上是诗。他的小说不注重写人物，也几乎没有故事。《竹林的故事》算是长篇，叫作"故事"，实无故事，只是几个孩子每天生活的记录。他不写故事，写意境。但是他的小说是感人的。使人得到一种不同寻常的感动。因为他对于小儿女是那样富于同情心。他用儿童一样明亮而敏感的眼睛观察周围世界，用儿童一样简单而准确的笔墨来记录。他的小说是天真的，具有天真的美。因为他善于捕捉儿童的飘忽不定的思想和情绪，他运用了意识流。他的意识流是从生活里发现的，不是从外国的理论或作品里搬来的。有人说他的小说很像弗·沃尔芙，他说他没有看过沃尔芙的作品。后来找来看看，自己也觉得果然很像。这是一个很有趣的现象。身在不同的国度，素无接触，为什么两个作家会找到同样的方法呢？因为他追随流动的意识，因此他的行文也和别人不一样。周作人曾说废名是一个讲究文章之美的小说家。又说他的行文好比一溪流水，遇到一片草叶，都要去抚摸一下，然后又汪汪地向前流去。这说得实在非常好。

我讲了半天废名，你也许会在心里说：你说的是你自己吧？我跟废名不一样（我们的世界观首先不同）。但是我确实受过他的影响，现在还能看得出来。

契诃夫开创了短篇小说的新纪元。他在世界范围内使

"小说观"发生了很大的变化，从重情节、编故事发展为写生活，按照生活的样子写生活。从戏剧化的结构发展为散文化的结构。于是才有了真正的短篇小说，现代的短篇小说。托尔斯泰最初很看不惯契诃夫的小说。他说契诃夫是一个很怪的作家，他好像把文字随便地丢来丢去，就成了一篇小说了。托尔斯泰的话说得非常好。随便地把文字丢来丢去，这正是现代小说的特点。

"阿左林是古怪的"（这是他自己的一篇小品的题目）。他是一个沉思的、回忆的、静观的作家。他特别擅长于描写安静，描写在安静的回忆中的人物的心理的潜微的变化。他的小说的戏剧性是觉察不出来的戏剧性。他的"意识流"是明澈的，覆盖着清凉的阴影，不是芜杂的、纷乱的。热情的恬淡，入世的隐逸。阿左林笔下的西班牙是一个古旧的西班牙，真正的西班牙。

以上，我老实交代了我曾经接受过的影响，未必准确。至于这些影响怎样形成了我的风格（假如说我有自己的风格），那是说不清楚的。人是复杂的，不能用化学的定性分析方法分析清楚。但是研究一个作家的风格，研究一下他所曾接受的影响是有好处的。如果你想学习一个作家的风格，最好不要直接学习他本人，还是学习他所师承的前辈。你要认老师，还得先见见太老师。一祖三宗，渊源有自。这样才不至流于照猫画虎，邯郸学步。

一个作家形成自己的风格大体要经过三个阶段：一、模仿；二、摆脱；三、自成一家。初学写作者，几乎无一例外，要经过模仿的阶段。我年轻时写作学沈先生，连他的文白杂糅的语言也学。我的《汪曾祺短篇小说选》第一篇《复仇》，就有模仿西方现代派的方法的痕迹。后来岁数大了一点，到了"而立之年"了吧，我就竭力想摆脱我所受的各种影响，尽量使自己的作品不同于别人。郭小川同志在"文化大革命"后期有一次碰到我，说："你说过的一句话，我到现在还记得。"我问他是什么话，他说："你说过：凡是别人那样写过的，我就决不再那样写！"我想想，是说过。那还是反右以前的事了。我现在不说这个话了。我现在岁数大了，已经无意于使自己的作品像谁，也无意使自己的作品不像谁了。别人是怎样写的，我已经模糊了，我只知道自己这样的写法，只会这样写了。我觉得怎样写合适，就怎样写。我现在看作品，已经很少从形成自己的风格这样的角度去看了。对于曾经影响过我的作家的作品，近几年我也很少再看。然而：

　　菌子已经没有了，但是菌子的气味留在空气里。

　　影响，是仍然存在的。

一个人也不能老是一个风格，只有一种风格。风格，往往是因为所写的题材不同而有差异的。或庄、或谐；或比较抒情，或尖刻冷峻。但是又看得出还是一个人的手笔。一方面，文备众体；另一方面又自成一家。

谈谈风俗画

　　有几位评论家都说我的小说里有风俗画。这一点是我原来没有意识到的。经他们一说，我想想倒是有的。有一位文学界的前辈曾对我说："你那种写法是风俗画的写法。"并说这种写法很难。风俗画的写法是怎样一种写法？这种写法难么？我不知道。有人干脆说我是一个风俗画作家……

　　我是很爱看风俗画的。十七世纪荷兰学派的画，日本的浮世绘，我都爱看。中国的风俗画的传统很久远了。汉代的很多画像石刻、画像砖都画（刻）了迎宾、饮宴、耍杂技——倒立、弄丸、弄飞刀……有名的说书俑，滑稽中带点愚蠢，憨态可掬，看了使人不忘。晋唐的画以宗教画、宫廷画为大宗。但这当中也不是没有风俗画，敦煌壁画中的杰作《张义潮出巡图》就是。墓葬中的笔致粗率天真的壁画，也多涉及当时的风俗。宋代风俗画似乎特别的流行，《清明上河图》是一个突出的例子。我看这幅画，能够一看看半天。我很想在清明那天到汴河上去玩玩，那一定是非常好玩的。南宋的画家也多画风俗。我从马远的《踏歌图》知道"踏歌"是怎么回事，从而增加了对"桃花潭水深千尺，不及汪伦送我情"的理解。这种"踏歌"的遗风，似乎现在朝鲜还有。我也很爱李嵩、苏汉臣的《货郎图》，它让我知道南宋的货郎担上有那么多卖给小孩子们的玩意儿，真是琳琅满目，都蛮有意思。元明的风俗画我所知甚少。清朝罗两峰的《鬼趣图》可以算是风俗画。幸好这时兴起了年画。杨柳青、桃花坞的年画大部分都是风俗画，连不画人物只画动物的也都是，如《老鼠嫁女》。我很喜欢这张画，如鲁迅先生所说，所有俨然穿着人的衣冠的鼠类，都尖头尖脑的非常有趣。陈师曾等人都画过北京市井的生活。风俗画的雕塑大师是泥人张。他的《钟馗嫁妹》《大出丧》，是近代风俗画的不朽的名作。

　　我也爱看讲风俗的书。从《荆楚岁时记》直到清朝人写的《一岁货声》之类的书都爱翻翻。还是上初中的时候，一年暑假，我在祖父的尘封的书架上发现了一套巾箱本木活字聚珍版的丛书，里面有一册《岭表录异》，我就很有兴趣地看起来。后来又看了《岭外代答》。从此就对讲地理的书、游记，产生了一种嗜好。不过我最有兴趣的是讲风俗民情的部分，其次是物产，尤其是吃食。对山川疆域，我看不进去，也记不住。宋元人笔记中有许多是记风俗的，

《梦溪笔谈》《容斋随笔》里有不少条记各地民俗，都写得很有趣。明末的张岱特长于记述风物节令，如记西湖七月半、泰山进香，以及为祈雨而赛水浒人物，都极生动。虽然难免有鲁迅先生所说的夸张之处，但是绘形绘声，详细而不琐碎，实在很叫人向往。我也很爱读各地的竹枝词，尤其爱读作者自己在题目下面或句间所加的注解。这些注解常比本文更有情致。我放在手边经常看看的一本书是古典文学出版社的《东京梦华录》（外四种——《都城纪胜》《西湖老人繁胜录》《梦粱录》《武林旧事》）。这样把记两宋风俗的书汇为一册，于翻检上极便，是值得感谢的，只是断句断错的地方太多。这也难怪。有一位历史学家就说过《东京梦华录》是一本难读的书。因为对当时的情形和语言不明白，所以不好断句。

我对风俗有兴趣，是因为我觉得它很美。我曾经在一篇文章里说过："我以为风俗是一个民族集体创作的生活的抒情诗。"（《〈大淖记事〉是怎样写出来的》）这是一句随便说说的话，没有任何学术意义。但也不是一点道理没有。我以为，风俗，不论是自然形成的，还是包含一定的人为的成分（如自上而下的推行），都反映了一个民族对生活的挚爱，对"活着"所感到的欢悦。他们把生活中的诗情用一定的外部的形式固定下来，并且相互交流，融为一体。风俗中保留一个民族的常绿的童心，并对这种童心加以圣化。风俗使一个民族永不衰老。风俗是民族感情的重要的组成部分。斯大林把民族感情列为民族的要素之一。民族感情是抽象的，看不见摸不着，但它确实存在着。民族感情常常体现在风俗中。风俗，是具体的。一种风俗对维系民族感情的作用是不可估量的，如那达慕、刁羊、麦西来甫、三月街……

所谓风俗，主要指仪式和节日。仪式即"礼"。礼这个东西，未可厚非。据说辜鸿铭把中国的"礼"翻译成英语时，译为"生活的艺术"。这传闻不知是否可靠，但却很有意思。礼是具有艺术性的，很好玩的，假如我们抛开其中迷信和封建的内核，单看它的形式。礼，包括婚礼和丧礼。很多外国的和中国少数民族的民间舞蹈常常以"××人的婚礼"作题目，那是在真实的婚礼的基础上加工而成的。结婚，对一个少女来说，意味着迈进新的生活，同时也意味着向过去的一切告别了。因此，这一类的舞蹈大都既有喜悦，又有悲哀，混和着复杂的感情，其动人处，也在此。中国西南几个民族都有"哭嫁"的习俗。临嫁的姑娘要把要好的姊妹约来哭（唱）一夜甚至几夜。那歌词大都是充满了真情，很美的。我小时候最爱参加丧礼，不管是亲戚家还是自己家的。我喜欢那种平常没有的"当大事"的肃穆的气氛，所有的人好像一下子都变得雅起来，多情起来了，大家都像在演戏，扮演一种角色，很认真地扮演着。我喜欢"六七开吊",那是戏的顶点。我们那里开吊都要"点主"。点主,就是在亡人的牌位上加点。白木的牌位上事先写好了某某人之"神王",要在王字上加一点,这才成了"神主",点主不是随随便便点的,很隆重。要请一位有功名的老辈人来点。点主的人就位后,生喝道:"凝神,——想象,请加墨主!"点主人用一支新墨笔在"王"字上点一点;然后再:"凝神,——想象,请加硃主!"点主人再用朱笔点一点,把原来的墨点盖住。这样,那个人的魂灵就进了这块牌位了。"凝神——想象",这实在很有点抒情的意味,也很有戏剧性。我小时看点主,很受感动,至今印象很深。

至于节日,那更不用说了。试想一下,如果没有那样多的节,我们的童年将是多么贫乏,多么缺乏光彩呀。日本人对传统的节日非常重视。多么现代化的大企业,到了盂兰盆节这一天,也要停产放假,举行集体的娱乐活动。这对于培养和增强民族的自信,无疑是会有好处的。

风俗,仪式和节日,是历史的产物,它必然是要消亡的。谁也不会提出恢复所有的传统的风俗,但是把它们记录下来,给现在的和将来的人看看,是有着各方面的意义的。我很希望中国民俗学会能编出两本书,一本《中国婚丧礼俗》,一本《中国的节日》。现在着手,还来得及。否则,到了"礼失而求于野",要到穷乡僻壤去访问搜集,就费事了。

为什么要在小说里写进风俗画？前已说过，我这样做原是无意的。只是因为我的相当一部分小说是写的家乡的，写小城的生活，平常的人事，每天都在发生，举目可见的小小悲欢，这样，写进一点风俗，便是很自然的事了。"人情"和"风土"原是紧密关联的。写一点风俗画，对增加作品的生活气息、乡土气息，是有帮助的。风俗画和乡土文学有着血缘关系，虽然二者不是一回事。很难设想一部富于民族色彩的作品而一点不涉及风俗。鲁迅的《故乡》《社戏》，包括《祝福》，是风俗画的典范。《朝花夕拾》每篇都洋溢着罗汉豆的清香。沈从文的《边城》如果不是几次写到端午节赛龙船，便不会有那样浓郁的色彩。"风俗画小说"，在一般人的概念里，不是一个贬词。

风俗画小说的文体几乎都是朴素的。风俗本身是自然然的。记述风俗的书原来不过是聊资谈助，大都是随笔记之，不事雕饰。幽兰居士孟元老《东京梦华录序》云："此录语言鄙俚，不以文饰者，盖欲上下通晓耳，观者幸详焉。"用华丽的文笔记风俗的人好像还很少。同样，风俗画小说所记述的生活也多是比较平实的，一般不太注重强烈的戏剧化的情节。写风俗而又富于浪漫主义的戏剧性的情节的，似乎只有梅里美一人。但他所写的往往是异乡的奇俗（如世代复仇），而且通常是不把梅里美列在风俗画作家范围内的。风俗画小说，在本质上是现实主义的。

记风俗多少有点怀旧，但那是故国神游，带抒情性，并不流于伤感。风俗画给予人的是慰藉，不是悲苦。就我所见过的风俗画作品来看，调子一般不是低沉的。

小说里写风俗，目的还是写人。不是为写风俗而写风俗，那样就不是小说，而是风俗志了。风俗和人的关系，大体有这样三种：

一种是以风俗作为人的背景。

一种是把风俗和人结合在一起，风俗成为人的活动和心理的契机。比如：

　　去年元夜时，
　　花市灯如昼，
　　月上柳梢头，
　　人约黄昏后。

又如苏北民歌《探妹》：

　　正月里探妹正月正，
　　我带小妹子看花灯，
　　看灯是假的，
　　妹子呀，试试你的心。

《边城》几次写端午节赛龙船，和翠翠的情绪的发育和感情的变化是紧紧扣在一起的，并且是情节发展不可缺少的纽带。

也有时，看起来是写风俗，实际上是在写人。我的小说里写风俗占篇幅最长的大概是《岁寒三友》里描写放焰火的一段。因为这篇小说见到的人不是很多，我把这一段抄录在下面：

这天天气特别好。万里无云，一天皓月。阴城的正中，立起一个四丈多高的架子。有人早早吃了晚饭，就扛了板凳来等着了。各种卖小吃的都来了。卖牛肉高粱酒的，卖回卤豆腐干的，卖五香花生米的、芝麻灌香糖的，卖豆腐脑的，卖煮荸荠的，还有卖河鲜——卖紫皮鲜菱角和新剥鸡头米的……到处是"气死风"的四角玻璃灯，到处是白蒙蒙的热气、香喷喷的茴香八角气味。人们寻亲访友，说短道长，来来往往，亲亲热热。阴城的草都被踏倒了。人们的鞋底也叫秋草的浓汁磨得滑溜溜的。

忽然，上万双眼睛一齐朝着一个方向看。人们的眼睛一会儿睁大，一会儿眯细；人们的嘴一会儿张开，一会儿又合上；一阵阵叫喊，一阵阵欢笑，一阵阵掌声。——陶虎臣点着了焰火了。

中间还有一段具体描写几种焰火，文长不录。

　　……火光炎炎，逐渐消隐，这时才听到人们呼唤：

　　"二丫头，回家咧！"

　　"四儿，你在哪儿哪？"

　　"奶奶，等等我，我鞋掉了！"

　　人们摸摸板凳，才知道：呀，露水下来了。

　　这里写的是风俗，没有一笔写人物，但是我自己知道笔笔都着意写人，写的是焰火的制造者陶虎臣。我是有意在表现人们看焰火时的欢乐热闹气氛中表现生活一度上升时期陶虎臣的愉快心情，表现用自己的劳作为人们提供欢乐，并于别人的欢乐中感到欣慰的一个善良人的品格的。这一点，在小说里明写出来，也是可以的，但是我故意不写，我把陶虎臣隐去了，让他消融在欢乐的人群之中。我想读者如果感觉到看焰火的热闹和欢乐，也就会感觉到陶虎臣这个人。人在其中，却无觅处。

　　写风俗，不能离开人，不能和人物脱节，不能和故事情节游离。写风俗不能流连忘返，收不到人物的身上。

风俗画小说是有局限性的。一是风俗画小说往往只就人事的外部加以描写，较少刻画人物的内心世界，不大做心理描写，因此人物的典型性较差。二是，风俗画一般是清新浅易的，不大能够概括十分深刻的社会生活内容，缺乏历史的厚度，也达不到史诗一样的恢宏的气魄。因此，风俗画小说常常不能代表一个时代的文学创作的主流。这一点，风俗画小说作者应该有自知之明，不要因为自己的作品没有受到重视而气愤。

因此，我希望自己，也希望别人，不要只是写风俗画。并且，在写风俗画小说时也要有所突破，向生活的深度和广度掘进和开拓。

说　短

——与友人书

短，是现代小说的特征之一。

短，是出于对读者的尊重。

现代小说是忙书，不是闲书。现代小说不是在花园里读的，不是在书斋里读的。现代小说的读者不是有钱的老妇人，躺在樱桃花的阴影里，由陪伴女郎读给她听。不是文人雅士，明窗净几，竹韵茶烟。现代小说的读者是工人、学生、干部。他们读小说都是抓空儿。他们在码头上、候车室里、集体宿舍、小饭馆里读小说，一面读小说，一面抓起一个芝麻烧饼或者汉堡包（看也不看）送进嘴里，同时思索着生活。现代小说要符合现代生活方式，现代生活的节奏。现代小说是快餐，是芝麻烧饼或汉堡包。当然，要做得好吃一些。

小说写得长，主要原因是情节过于曲折。现代小说不要太多的情节。

以前人读小说是想知道一些他不知道的生活，或者世界上根本不存在的生活。他要读的不是生活，而是故事，或者还加上作者华丽的文笔。现代的读者是严肃的。他们有时也要读读大仲马的小说，但是只是看看玩玩，谁也不相信他编造的那一套。现代读者要求的是真实，想读的是生活，生活本身。现代读者不能容忍编造。一个作者的责任只是把你看到的、想过的一点生活诚实地告诉读者。你相信，这一点生活读者也是知道的，并且他也是完全可以写出来的。作者的责任只是用你自己的方式，尽量把这一点生活说得有意思一些。现代小说的作者和读者之间的界线逐渐在泯除。作者和读者的地位是平等的。最好不要想到我写小说，你看。而是，咱们来谈谈生活。生活，是没有多少情节的。

小说长，另一个原因是描写过多。

屠格涅夫的风景描写很优美。但那是屠格涅夫式的风景，屠格涅夫眼中的风景，不是人物所感受到的风景。屠格涅夫所写的是没落的俄罗斯贵族，他们的感觉和屠格涅夫有相通之处，所以把这些人物放在屠格涅夫式的风景之中还不"硌生"。写现代人，现代的中国人，就不能用这种写景方式，不能脱离人物来写景。小说中的景最好是人物眼中之景，心中之景。至少景与人要协调。现代小说写景，只要是："天黑下来了……"，"雾很大……"，"树叶都落光了……"，就够了。

巴尔扎克长于刻画人物，画了很多人物肖像，做了许多很长很生动的人物性格描写。这种方式不适用于现代小说。这种方式对读者带有很大的强迫性，逼得人只能按照巴尔扎克的方式观察生活。现代读者是自由的，他不愿听人驱使，他要用自己的眼睛看生活，你只要扼要地跟他谈一个人，一件事，不要过多地描写。作者最好客观一点，尽量闪在一边，让人物自己去行动，让读者自己接近人物。

我不大喜欢"性格"这个词。一说"性格"就总意味着一个奇异独特的人。现代小说写的只是平常的"人"。

小说长，还有一个原因是对话多。

有些小说让人物作长篇对话，有思想，有学问，成了坐而论道或相对谈诗，而且所用的语言都很规整，这在生活里是没有的。生活里有谁这样地谈话，别人将会回过头来看着他们，心想：这几位是怎么了？

对话要少，要自然。对话只是平常的说话，只是于平常中却有韵味。对话，要像一串结得很好的果子。

对话要和叙述语言衔接，就像果子在树叶里。

长，还因为议论和抒情太多。

我并不一般地反对在小说里发议论，但议论必须很富于机智。带有讽刺性的小说常有议论，所谓嬉笑怒骂，皆成文章。

抒情，不要流于感伤。一篇短篇小说，有一句抒情诗就足够了。抒情就像菜里的味精一样，不能多放。

长还有一个原因是句子长，句子太规整。写小说要像说话，要有语态。说话，不可能每一个句子都很规整，主语、谓语、附加语全都齐备，像教科书上的语言。教科书的语言是呆板的语言。要使语言生动，要把句子尽量写得短，能切开就切开，这样的语言才明确。平常说话没有说挺长的句子的。能省略的部分都省掉。我在《异秉》中写陈相公一天的生活，碾药就写"碾药"，裁纸就写"裁纸"，两个字就算一句。因为生活里叙述一件事就是这样叙述的。如果把句子写齐全了，就会成为："他生活里的另一个项目是碾药"，"他生活里的又一个项目是裁纸"，那多啰唆！——而且，让人感到你这个人说话像做文章（你和读者的距离立刻就拉远了）。写小说绝不能做文章，所用的语言必须是活的，就像聊天说话一样。

现代小说的语言大都是很简短的。从这个意义来说，我觉得海明威比曹雪芹离我更近一些。

鲁迅的教导是非常有益的：竭力将可有可无的字句删去。

我写《徙》，原来是这样开头的：

世界上曾经有过很多歌，都已经消失了。

我出去散了一会儿步，改成了：

很多歌消失了。

我牺牲了一些字，赢得的是文体的峻洁。

短，才有风格。现代小说的风格，几乎就等于：短。

短，也是为了自己。

小小说是什么

小小说原来就有。外国也有小小说。但是中国近年来小小说特别流行，读者面很广，于是小小说就成了一个值得注意的新事物，"小小说"也就在事实上形成一个新的概念。小小说是什么？这个概念包含一些什么内容？探索一下这个问题，将有助于小小说创作的发展。

小小说的流行，不只是因为现在的生活节奏快，人们生活紧张，缺少闲豫的时间。如果是这样，那么长篇小说就没有人读了。更重要的原因恐怕是读者对文学形式的要求更多了。他们要求有新的品种、新的样式、新的口味。承认这一点，小小说才能真正在文学大宴中占到一个席位，小小说的作者才能有自己独特的追求。

小小说不就是小的小说。小，不只是它的外部特征。小小说仍然可以看作是短篇小说的一个分支，但它又是短篇小说的边缘。短篇小说的一般素质，小小说是应该具备的。小小说和短篇小说在本质上既相近，又有所区别。

大体上说，短篇小说散文的成分更多一些，而小小说则应有更多的诗的成分。小小说是短篇小说和诗杂交出来的一个新的品种。它不能有叙事诗那样的恢宏，也不如抒情诗有那样强的音乐性。它可以说是用散文写的比叙事诗更为空灵，较抒情诗更具情节性的那么一种东西。它又不是散文诗，因为它毕竟还是小说。小小说是四不像。因此它才有意思，才好玩，才叫人喜欢。

小小说是小的。小的就是小的。从里到外都是小的。"小中见大"，是评论家随便说说的，有一点小小说创作经验的人都知道这在事实上是办不到的。谁也没有真的从一滴水里看见过大海。大形势、大问题、大题材，都是小小说所不能容纳的。要求小小说有广阔厚重的历史感，概括一个时代，这等于强迫一头毛驴去拉一列火车。小小说作者所发现、所思索、所表现的只能是生活的一个小小的片段。这个片段是别人没有表现过，没有思索过，没有发现过的。最重要的是发现。发现，必然就伴随着思索，同时也就比较容易地自然地找到合适的表现形式。文学本来都是发现。但是小小说的作者需要更有"具眼"，因为引起小小说作者注意的，往往是平常人易于忽略的小事。这件小事得是天生来的一块小小说的材料。这样的材料并非俯拾皆是，随手一抓就能抓得到的。小小说的材料的获得往往带有偶然性，邂逅相逢，不期而遇。并且，往往要储存一段时间，作者才能大致弄清楚这件小事的意义。写小小说确实需要一点"禅机"。

　　小小说不大可能有十分深刻的思想，也不宜于有很深刻的思想。小小说可以有一点哲理，但不能在里面进行严肃的哲学的思辨（中篇小说、长篇小说可以）。小小说的特点是思想清浅。半亩方塘，一湾溪水，浅而不露。小小说应当有一定程度的朦胧性。朦胧不是手法，而是作者的思想本来就不是十分清楚。有那么一点意思，但是并不透彻。"此中有真意，欲辨已忘言。"世界上没有一个人真正对世界了解得十分彻底而且全面，他只能了解他所感知的那一部分世界。海明威说十九世纪的小说家自以为是上帝，他什么都知道。巴尔扎克就认为他什么都知道，读者只需听他说。于是读者就成了听什么是什么的老实人，而他自己也就说了许多他其实并不知道的东西。所谓含蓄，并不是作者知道许多东西，故意不多说，他只是不说他还不怎么知道的东西。小小说的作者应该很诚恳地向读者表示：关于这件小事，它的意义，我到现在，还只能想到这个程度。一篇小小说发表了，创作过程并未结束。作者还可以继续想下去，读者也愿意和作者一起继续想下去。这样，读者才能既得到欣赏的快感，也能得到思考的快感。追求，就是还没有达到。追求是作者的事，也是读者的事。小小说不需要过多的热情，甚至不要热情。大喊大叫，指手画脚，是会叫读者厌烦的。小小说的作者对于他所发现的生活片段，最好超然一些，保持一个客观者的态度，尽可能的不动声色。小小说总是有个态度的，但是要尽量收敛。可以对一个人表示欣赏，但不能夸成一朵花；可以对一件事加以讽刺，但不辛辣。小小说作者需要的是：聪明、安静、亲切。

小小说是一串鲜樱桃，一枝带露的白兰花，本色天然，充盈完美。小小说不是压缩饼干、脱水蔬菜，不能把一个短篇小说拧干了水分，紧压在一个小小的篇幅里，变成一篇小小说。——当然也没有人干这种划不来的傻事。小小说不能写得很干，很紧，很局促。越是篇幅有限，越要从容不迫。小小说自成一体，别是一功。小小说是斗方、册页、扇面儿。斗方、册页、扇面的画法和中堂、长卷的画法是不一样的。布局、用笔、用墨、设色，都不大一样。长江万里图很难缩写在一个小横披里。宋人有在纨扇上画龙舟竞渡图、仙山楼阁图的。用笔虽极工细，但是一定留出很大的空白，不能挤得满满的。空白，是小小说的特点。可以说，小小说是空白的艺术。中国画讲究"计白当黑"。包世臣论书，以为应使"字之上下左右皆有字"。因为注意"留白"，小小说的天地便很宽余了。所谓"留白"，简单直截地说，就是少写。小小说不是删削而成的。删得太狠的小说是可以看得出来的，往往不顺，不和谐，不"圆"。应该在写的时候就控制住自己的笔，每捉摸一句，都要想一想：这一句是不是可以不写？尽量少写，写下来的便都是必要的，一句是一句。那些没有写下来的仍然是存在的，存在于每一句的"上下左右"。这样才能做到句有余味，篇有余意。

小幅画尤其要讲究"笔墨情趣"。小小说需要精选的语言。古人论诗云："七言绝句如二十八个贤人，著一个屠酤不得。"写小小说也应如此。小小说最好不要有评书气、相声气，不要用一种半文不白的轻佻的文体。小小说当有幽默感，但不是游戏文章。小小说不宜用奇僻险怪的句子，如宋人所说的"恶硬语"。小小说的语言要朴素、平易，但有韵致。

虽不能至，心向往之。

谈读杂书

我读书很杂，毫无系统，也没有目的。随手抓起一本书来就看。觉得没意思，就丢开。我看杂书所用的时间比看文学作品和评论的要多得多。常看的是有关节令风物民俗的，如《荆楚岁时记》《东京梦华录》。其次是方志、游记，如《岭表录异》《岭外代答》。讲草木虫鱼的书我也爱看，如法布尔的《昆虫记》，吴其濬的《植物名实图考》，陈淏子的《花镜》。讲正经学问的书，只要写得通达而不迂腐的也很好看，如《癸巳类稿》。《十驾斋养新录》差一点，其中一部分也挺好玩。我也爱读书论、画论。有些书无法归类，如《宋提刑洗冤录》，这是讲验尸的。有些书本身内容就很庞杂，如《梦溪笔谈》《容斋随笔》之类的书，只好笼统地称之为笔记了。

读杂书至少有以下几种好处：第一，这是很好的休息。泡一杯茶懒懒地靠在沙发里，看杂书一册，这比打扑克要舒服得多。第二，可以增长知识，认识世界。我从法布尔的书里知道知了原来是个聋子，从吴其濬的书里知道古诗里的葵就是湖南、四川人现在还吃的冬苋菜，实在非常高兴。第三，可以学习语言。杂书的文字都写得比较随便，比较自然，不是正襟危坐，刻意为文，但自有情致，而且接近口语。一个现代作家从古人学语言，与其苦读《昭明文选》、"唐宋八家"，不如多看杂书。这样较易融入自己的笔下。这是我的一点经验之谈。青年作家，不妨试试。第四，从杂书里可以悟出一些写小说、写散文的道理，尤其是书论和画论。包世臣《艺舟双楫》云："吴兴书笔，专用平顺，一点一画，一字一行，排次顶接而成。古帖字体，大小颇有相径庭者，如老翁携幼孙行，长短参差，而情意真挚，痛痒相关。吴兴书如士人入隘巷，鱼贯徐行，而争先竞后之色，人人见面，安能使上下左右空白有字哉！"他讲的是写字，写小说、散文不也正当如此吗？小说、散文的各部分，应该"情意真挚，痛痒相关"，这样才能做到"形散而神不散"。

听遛鸟人谈戏

近来我每天早晨绕着玉渊潭遛一圈。遛完了，常找一个地方坐下听人聊天。这可以增长知识，了解生活。还有些人不聊天。钓鱼的、练气功的，都不说话。游泳的闹闹嚷嚷，听不见他们嚷什么。读外语的学生，读日语的、英语的、俄语的，都不说话，专心致意把莎士比亚和屠格涅夫印进他们的大脑皮层里去。

比较爱聊天的是那些遛鸟的。他们聊的多是关于鸟的事，但常常联系到戏。遛鸟与听戏，性质上本相接近。他们之中不少是既爱养鸟，也爱听戏，或曾经也爱听戏的。遛鸟的起得早，遛鸟的地方常常也是演员喊嗓子的地方，故他们往往有当演员的朋友，知道不少梨园掌故。有的自己就能唱两口。有一个遛鸟的，大家都叫他"老包"，他其实不姓包，因为他把鸟笼一挂，自己就唱开了："包龙图打坐在开封府……"就这一句。唱完了，自己听着不好，摇摇头，接着再唱："包龙图打坐……"

因为常听他们聊，我多少知道一点关于鸟的常识。知道画眉的眉子齐不齐，身材胖瘦，头大头小，是不是"原毛"，有"口"没有，能叫什么玩意儿：伏天、喜鹊——大喜鹊、山喜鹊、苇咋子、猫、家雀打架、鸡下蛋……知道画眉的行市，哪只鸟值多少"张"。——"张"，是一张拾圆的钞票。他们的行话不说几十块钱，而说多少张。有一个七十八岁的老头，原先本是勤行，他的一只画眉，人称鸟王。有人问他出不出手，要多少钱，他说："二百。"遛鸟的都说："值！"

我有些奇怪了，忍不住问：

"一只鸟值多少钱，是不是公认的？你们都瞧得出来？"

几个人同时叫起来："那是！老头的值二百，那只生鸟值七块。梅兰芳唱戏卖两块四，戏校的学生现在卖三毛。老包，倒找我两块钱！那能错了？"

"全北京一共有多少画眉？能统计出来么？"

"横是不少！"

"'文化大革命'那阵没有了吧？"

"那会儿谁还养鸟哇！不过，这玩意儿禁不了。就跟那京剧里的老戏似的，'四人帮'压着不让唱，压得住吗？一开了禁，你瞧，呼啦——全出来了。不管是谁，禁不了老戏，也就禁不了养鸟。我把话说在这儿：多会儿有画眉，多会儿他就得唱老戏！报上说京剧有什么危机，瞎掰的事！"

这位对画眉和京剧的前途都非常乐观。

一个六十多岁的退休银行职员说："养画眉的历史大概和京剧的历史差不多长，有四大徽班那会儿就有画眉。"

他这个考证可不大对。画眉的历史可要比京剧长得多，宋徽宗就画过画眉。

"养鸟有什么好处呢？"我问。

"嘻，遛人！"七十八岁的老厨师说："没有个鸟，有时早上一醒，觉得还困，就懒得起了；有个鸟，多困也得起！"

"这是个乐儿！"一个还不到五十岁的扁平脸、双眼皮很深、络腮胡子的工人——他穿着厂里的工作服，说。

"是个乐儿！钓鱼的、游泳的，都是个乐儿！"说话的是退休银行职员。

"一个画眉，不就是叫么？怎么会有那么大的差别？"

一个戴白边眼镜的穿着没有领子的酱色衬衫的中等老头儿，他老给他的四只画眉洗澡——把鸟笼放在浅水里让画眉抖擞毛羽，说：

"叫跟叫不一样！跟唱戏一样，有的嗓子宽，有的窄，有的有膛音，有的干冲！不但要声音，还得要'样'，得有'做派'，有神气。您瞧我这只画眉，叫得多好！像谁？"

像谁？

"像马连良！"

像马连良？！

我细瞧一下，还真有点像！它周身干净利索，挺拔精神，叫的时候略偏一点身子，还微微摇动脑袋。

"潇洒！"

我只得承认：潇洒！

不过我立刻不免替京剧演员感到一点悲哀，原来在这些人的心目中，对一个演员的品鉴，就跟对一只画眉一样。

"一只画眉，能叫多少年？"

勤行老师傅说："十来年没问题！"

老包说："也就是七八年。就跟唱京剧一样：李万春现在也只能看一招一势，高盛麟也不似当年了。"

他说起有一年听《四郎探母》，甭说四郎、公主，佘太君是李多奎，那嗓子，冲！他慨叹说：

"那样的好角儿，现在没有了！现在的京剧没有人看，——看的人少，那是啊，没有那么多好角儿了嘛！你再有杨小楼，再有梅兰芳，再有金少山，试试！照样满！两块四？四块八也有人看！——我就看！卖了画眉也看！"

他说出了京剧不景气的原因：老成凋谢，后继无人。

这与一部分戏曲理论家的意见不谋而合。

戴白边眼镜的中等老头儿不以为然：

"不行！王师傅的鸟值二百（哦，原来老人姓王），可是你叫个外行来听听：听不出好来！就是梅兰芳、杨小楼再活回来，你叫那边那几个念洋话的学生来听听，他也听不出好来。不懂！现而今这年轻人不懂的事太多。他们不懂京剧，那戏园子的座儿就能好了哇？"

好几个人附和："那是！那是！"

他们以为京剧的危机是不懂京剧的学生造成的。如果现在的学生都像老舍所写的赵子曰，或者都像老包，像这些懂京剧的遛鸟的人，京剧就得救了。这跟一些戏剧理论家的意见也很相似。

然而京剧的老观众，比如这些遛鸟的人，都已经老了，他们大部分已经退休。他们跟我闲聊中最常问的一句话是："退了没有？"那么，京剧的新观众在哪里呢？

哦，在那里：就是那些念屠格涅夫、念莎士比亚的学生。

也没准儿将来改造京剧的也是他们。

谁知道呢！

宋士杰

——一个独特的典型

《四进士》原来是一出很芜杂的群戏，现在也还保留着一些芜杂的痕迹，比如杨素贞手上戴的那只紫金镯，与主线已经没有多大关系了。它之能够流传到今天，成为一出无可比拟的独特的京剧，是因为剧中塑造了一个独特的典型，宋士杰。

宋士杰是一个讼师。现在大概很多人不知道讼师是干什么的了。过去，是每一个县城里都有的，他们的职业是包打官司，即包揽词讼。凡有衙门处即有讼师。只要你给他钱，他可以把你的官司包下来，把你的对手搞得倾家荡产，一败涂地。在生活里，他们也是很刁钻促狭的。讼师住的地方，做小买卖的都不愿停留，邻居家的孩子都不敢和他们家的孩子打架。然而《四进士》却写了一个好讼师，这就很特别。

宋士杰的好处在于，一是办事傲上。这在封建社会里是一种难得的品德。二是好管闲事。

要写他的爱管闲事，却从他怕管闲事写起。

宋士杰的出场是很平淡的，几记小锣，他就走出来了。四句诗罢，自报家门：

> 老汉宋士杰。在前任道台衙门，当过一名刑房书吏。只因我办事傲上，才将我的刑房革退。在西门以外，开了一所小小店房，不过是避嫌而已……

避嫌，避什么嫌呢？避官场之嫌。开店是一种姿态，表示引退闲居，从此不再往衙门里插手，免招是非物议。他虽然也不甘寂寞，偶尔给吃衙门饭的人一点指点，杯酒之间，三言两语。平常则是韬晦深藏，很少活动的了。以至顾读一听说宋士杰这名字，吃惊道："宋士杰！这老儿还未曾死么？"

他卷进一场复杂的纠纷，完全是无心的，偶然的。他要去吃酒，看见刘二混等一伙光棍追赶杨素贞，他的老毛病犯了：

> 啊！这信阳州一班无徒光棍，追赶一个女子；若是迫在无人之处，那女子定要吃他们的亏。我不免赶上前去，打他一个抱不平！

（"无徒"即无赖，元曲中屡见。白朴《梧桐雨》、关汉卿《望江亭》中都有。没想到这个古语在京剧里还活着。有的整理过的剧本写成"无头"，就没有讲了。）

但是转念一想：

> 咳！只因为多管人家的闲事，才将我的刑房革退，我又管的什么闲事啊。不管也罢，街市上走走。

他和万氏打跑了刘二混，事情本来就完了。不想万氏把杨素贞领到家里——店里来了。他和杨素贞的攀谈，问人家姓什么，哪里的人，到信阳州来做什么……都是一些见面后应有的闲话。听到杨素贞是越衙告状来了，他顺口说了一句："哎呀，越衙告状，这个冤枉一定是大了。"也只是平常的感慨（《四进士》能用口语的念白写出人物的神情，非常难得。这出戏的语言是很值得研究的）。他想看看人家的状子，只是一种职业性的兴趣。他指出什么是"由头"，点出哪里是"赖词"，称赞"状子写得好"，"作状子的这位老先生有八台之位"，"笔力上带着"，但是"好是好，废物了"！（多好的语言！若是写成"好倒是好啊，可惜么，是一个废物了！"便索然无味。可惜我们今天的许多剧本用的正是后一种语言）——"道台大人前呼后拥，女流之辈，挨挤不上，也是枉然。""交还与她"，他不管了！

杨素贞叫了宋士杰一声干父，宋士杰答应到道台衙门去递状。

到道台衙门递一张状，这在宋士杰，真是小事一桩。本来可以不误堂点，顺顺当当把状子递上。不想遇着丁旦，拉去酒楼，出了个岔子，逼得他不得不击动堂鼓，面见顾读。犹如一溪春水，撞到一块石头，激起了浪花。宋士杰湿了鞋子，掉进了旋涡，越陷越深，不能自拔。他从一个旁观者变成了当事人，从一个局外人变成了矛盾的一个主要方面。他的性格也就在愈趋复杂的斗争中，更加清楚、更加深刻地展示出来。作者没有一开头就写他路见不平，义形于色，揎拳攘袖，拔刀向前。那样就不是宋士杰，而是拼命三郎石秀了。

宋士杰是一个讼师。他的主要行动是打官司（河南梆子这出戏就叫《宋士杰打官司》）。他的主要的戏是一公堂、二公堂、盗书、三公堂。三公堂是毛朋的戏，宋士杰无大作为。盗书主要看表演，没有多少语言。真正表现宋士杰的讼师本色的，是一公堂、二公堂。一公堂、二公堂的对立面是顾读。全剧的精彩处也在于宋士杰斗顾读。

一公堂斗争的焦点是宋士杰是不是包揽词讼。过去，讼师是一种不合法的职业。"包揽词讼"本身就是罪名。所有的讼师在插手一桩官司之前，都首先要把这项罪名摘清。否则未曾回话，官司就输了。宋士杰知道，上堂之后，顾读必然首先要挑这个眼。顾读一声"传宋士杰！"丁旦下堂："宋家伯伯，大人传你。"宋士杰"吓"了一声。丁旦又说："大人传你。"宋士杰好像没有听明白："哦，大人传我？"丁旦又重复一次："传你！小心去见。"宋士杰好像才醒悟过来："呵呵，传我？"这么一句话有什么听不明白的呢？他怎么这样心不在焉，反应迟钝呢？不是迟钝，他是在想主意。他脱下鸭尾巾，露出雪白的发纂（刹那之间，宋士杰变得很美），报门："报！宋士杰告进。"不卑不亢，似卑实亢。这时他已经成竹在胸，所以能如此从容。剧作者的笔墨精细处真不可及！

果然，顾读劈头就问：

　　"你为何包揽词讼？"
　　"怎见得小人包揽词讼？"
　　"杨素贞越衙告状，住在你的家中，分明是你挑唆而来，岂不是包揽词讼了？"

顾读问得在理。

"小人有下情回禀。"

"讲！"

宋士杰的辩词实在出人意料：

> 吓。小人宋士杰，在前任道台衙门当过一名刑房书吏。只因我办事傲上，才将我的刑房革掉。在西门以外开了一所小小店房，不过是避嫌而已。曾记得那年，去往河南上蔡县办差，住在杨素贞的家中；杨素贞那时间才这长这大，拜在我的名下，收为义女。数载以来，书不来，信不往。杨素贞她父已死。她长大成人，许配姚廷椿为妻。她的亲夫被人害死，来到信阳州越衙告状。常言道是亲者不能不顾，不是亲者不能相顾。她是我的干女儿，我是她的干父。干女儿不住在干父家中，难道说，叫她住在庵堂——寺院？

这真是老虎闻鼻烟！一件没影子的事，他却说得有鼻子有眼，活灵活现，点水不漏，无懈可击！这段辩词，层次清楚，语调铿锵，真是掷地作金石声！"这长这大"，真亏他想得出来。——我们现在要是写，像"这长这大"

这样活生生的语言，是无论如何写不出来的。

什么叫讼师？这就叫讼师：数白道黑，将无作有。

二公堂是宋士杰替杨素贞喊冤。顾读受贿之后，对杨素贞拶指逼供，上刑收监。宋士杰在堂口高喊："冤枉！"

"宋士杰，你为何堂堂喊冤？"

"大人办事不公！"

"本道哪些儿不公？"

"原告收监，被告讨保，哪些儿公道？"

"杨素贞告的是谎状。"

"怎见得是谎状？"

"他私通奸夫，谋害亲夫，岂不是谎状？"

"奸夫是谁？"

"杨春。"

"哪里人氏？"

"南京水西门。"

"杨素贞？"

"河南上蔡县。"

"千里路程，怎样通奸？"

"呃，——他是先奸后娶！"

"既然如此，她不去逃命，到你这里送死来了！"

这个地方宋士杰是有理的。他得理不让人，步步进逼，语快如刀，不容喘息，一鞭一条痕，一掴一掌血，一直到把对方打翻在地，再也起不来，真是老辣之至。

除了写他是个会打官司的讼师，一个尖刻厉害的刀笔，剧本还从多方面刻画他的世事洞明，人情练达。

宋士杰误过午堂，状子不曾递上，心里很懊恼，回家的路上，一个人自言自语地叨叨：

> 咳！酒楼之上，多吃了一杯，升过堂了，状子没有递上，只好回去。吃酒的误事！回得家去，干女儿迎上前来，言道："干父回来了？"我言道："我回来了。"干女儿必定问道："状子可曾递上？"我言道："遇见一个朋友，在酒楼之上，多吃了一杯，升过堂了，没有递上。"她必然言道："干父啊，我不是你的亲生女儿，若是你的亲生女儿，酒也不吃，状子也递上了。"这两句言语，总是有的……这两句言语，总是……

到了家，杨素贞果然对万氏说：

> "嗳，我不是他的亲生女儿……"

宋士杰用极低的声音说：

"来了！"

杨素贞接着说：

"若是你的亲生女儿，酒也不吃了，状子也递上了！"

宋士杰：

"我早晓得有这两句话……"

真是如见其肺肝然。

他听说按院大人下马，写了一张上告的状子，途遇杨春，认为干亲，合计告状。听说鸣锣开道，差杨春前去打听，他突然想起：

哎呀！按院大人有告示在外，有人拦轿喊冤，四十大板。我实实挨不起了。我看杨春这个娃娃，倒也精壮得很，我把这四十板子，照顾了这个娃娃吧！

杨春递状回来，他不好问人家递上了没有，他叫人家"走过去"，"走回来"。

　　"啊，这娃娃怎么还不回来？待我迎上前去。"

　　"义父！"

　　"娃娃，你回来了？"

　　"我回来了。"

　　"状子可曾递上？"

　　"递上了。"

　　"哦，递上了！——递上了？"

　　"递上了。"

　　"递上了？"

　　"递上了啊！"

　　"走过去！"

　　"哦，走过去。"

　　"走回来。"

　　"好，走回来。"

　　"唉，娃娃，你没有递上。"

　　"怎见得没有递上？"

　　"哈哈！娃娃，我实对你讲了吧，按院大人有告示在外，有人拦轿喊冤，打四十大板。

你两腿好好的，状子没有递上吧！"

有一个孩子读《四进士》剧本，读到这里，说："这个宋士杰真坏！"

宋士杰是真坏，可是他真好。他是个很坏的好人。这就是宋士杰，是一个有血有肉的活人，不一般化，不是大慈大悲救苦救难观世音菩萨。

《四进士》一个很大的特点，是运用大量的细节来刻画人物。作者简直是信手拈来，涉笔成趣，笔笔都为人物增添一分光彩。这在戏曲里，至少在京剧里是极为少见的。

为什么作者能够这样从心所欲地写出这样多的细节来呢？原因只有一个：对这个人物太熟了。

张天翼同志在谈儿童文学的一篇讲话中，提出从人物出发。他说：有了人物，没有情节可以有情节，没有细节可以有细节。这是老作家的三折肱之言，是度世的金针。

在去年的全国剧目工作会议上，有一个省的代表介绍经验，说他们省领导创作的同志，在讨论提纲或初稿时，首先问剧作者：你是不是觉得你所写的人物，已经好像站在你的面前了？否则，你不要写！这真是一条十分有益的经验。抓创作，其实只要抓住一条，就够了，抓人物。其余的，都是次要的。我们的许多领导创作的同志，瞎抓一气，就是不懂得抓人物。那种：主题有积极意义，已经有了一定基础，希望继续加工，不要放下……之类的废话，是杀死创作的官僚主义的软刀子。我们已经有了多少在娘胎里闷死的剧本，有了多少毫不精彩，劳民伤财的，叫人连意见都没法提的寡淡的演出，其弊只在一点：没有人物。

这里说的只是应当写人物的戏。至于有的别种样式的戏，如牧歌体的、散文式的（如《老道游山》）、散文诗式的（如《贵妃醉酒》），或用意识流方法写的京剧，当然不在此列，而我以为像《四进士》这样的京剧是应该大力提倡的。

用韵文想

一位有经验的戏曲作家曾对一个初学写戏曲的青年作者说：你就把它先写成一个话剧，再改成戏曲。我觉得这不是办法。戏曲和话剧有共同的东西，比如都要有人物，有情节，有戏剧性。但是戏曲和话剧不是一种东西。戏曲和话剧体制不同。首先利用的语言不一样。话剧的语言（对话）基本上是散文；戏曲的语言（唱词和念白）是韵文。语言是思想的直接的现实。思维的语言和写作的语言应该是一致的。要想学好一门外语，要做到能用外语思维。如果用汉语思维，而用外语表达，自己在脑子里翻译一道，这样的外语总带有汉语的痕迹，是不地道的。写戏曲也是这样。如果用散文思维，却用韵文写作，把散文的思想翻成韵文，这样的韵文就不是思想直接的现实，成了思想的间接的现实了。这样的韵文总是隔了一层，而且写起来会很别扭。这样的韵文不易准确、生动，更谈不上能有自己的风格。我觉得一个戏曲作者应该养成这样的习惯：用韵文来想。想的语言就是写的语言。想好了，写下来就得了。这样才能获得创作心理上的自由，也才会得到创作的快乐。

唱词是戏曲的重要的组成部分。写好唱词是写戏曲的基本功。我们通常所说的一个戏曲剧本的文学性强不强，常常指的是唱词写得好不好。唱词有格律，要押韵，这和我们的生活语言不一样。有的民间歌手运用格律、押韵的本领是令人惊叹的。我在张家口遇到过一个农民，他平常说的话都是押韵的。在兰州听一位诗人说过，他有一次和婆媳二人同船去参加一个花儿会，这婆媳二人一路上都是用诗交谈的！这媳妇到一个娘娘庙去求子，她跪下来祷告，那祷告词是这样的：

> 今年来了我是跟您要着哩，
> 明年来我是手里抱着哩，
> 咯咯嘎嘎地笑着哩！

民间歌手在对歌的时候，都是不假思索，出口成章。写戏曲的同志应该向民间歌手学习。驾驭格律、韵脚，是要经过训练的。向民歌学习是很重要的。我甚至觉得一个戏曲作者不学习民歌，是写不出好唱词的。当然，要向戏曲名著学习。戏曲唱词写得最准确、流畅、自然的，我以为是《董西厢》和《琵琶记》的《吃糠》和《描容》。我觉得多读一点元人小令有好处。元人小令很多写得很玲珑，很轻快，很俏。另外，还得多写，熟能生巧。戏曲，尤其是板腔体的格律看起来是很简单，不过是上下句，三三四，二二三。但是越是简单的格律越不好揣摸，因为它把作者的思想捆得很死。我们要能"死里求生"，在死板的格律里写出生动的感情。戏曲作者在构思一段唱词的时候，最初总难免有一个散文化的阶段，即想一想这段唱词大概的意思。但是大概的意思有了，具体地想这段唱词，就要摆脱散文，进入诗的境界。想这段唱词，就要有律，有韵。唱词的格律、韵辙是和唱词的内容同时生出来的，不是后加的。写唱词有个选韵的问题。王昆仑同志有一次说他自己是先想好哪一句话非有不可，这句话是什么韵，然后即决定全段用什么韵。这是很实在的经验之谈。写唱词最好全段都想透了，再落笔。不要想一句写一句。想一句，写一句，写了几句，觉得写不下去了，中途改辙，那是很痛苦的。我们要熟练地掌握格律和韵脚，使它成为思想的翅膀，而不是镣铐。带着格律、韵脚想唱词，不但可以水到渠成，而且往往可以情文相生。我写《沙家浜》的"人一走，茶就凉"，就是在韵律的推动下，自然地流出来的。我在想的时候，它就是"人一走，茶就凉"，不是想好一个散文的意思，再寻找一个喻象来表达。想的是散文，翻成唱词，往往会削足适履，舌本强硬。我们应该锻炼自己的语感、韵律感、音乐感。

戏曲还有引子、定场诗、对子。我以为这是中国戏曲语言的特点，而且关系到戏曲的结构方法。不但历史题材的戏曲里应该保留，就是现代题材的戏曲里也可运用。原新疆京剧团的《红岩》里就让成岗打了一个虎头引子，效果很好。小时候听杨小楼《战宛城》唱片，张绣上来念了一句对子："久居人下岂是计，暂到宛城待来时"，觉得有一种说不出来的悲怆之情。"丈夫有泪不轻弹，只因未到伤心处"[1]，"看看不觉红日落，一轮明月照芦花"[2]，这怎么能去掉呢？我以为戏曲作者应该在引子、对子、诗上下一点功夫。不可不讲究。我写《擂鼓战金山》，让韩世忠念了一副对子："楼船静泊黄天荡，战鼓遥传采石矶"，自以为对得很巧，只是台上没有产生预期的效果，大概是因为太文了。看来引子、对子、诗，还是俗一点为好。

戏曲的念白，也是一种韵文。韵白不用说。就是京白的韵律感也是很强的，不同于生活里的口语，也不同于话剧的对话。戏曲念白，明朝人把它分为"散白"和"整

---

[1] 《宝剑记·夜奔》

[2] 《打渔杀家》

白"。"整白"即大段念白。现在善写唱词的不少，但念白写得好的不多。"整白"有很强的节奏，起落开阖，与中国的古文很有关系。"整白"又往往讲求对偶，这和骈文也很有关系。我觉得一个戏曲工作者应该读一点骈文。汉赋多平板，《小园赋》《枯树赋》却较活泼。刘禹锡的《陋室铭》不可不读。我觉得清代的汪中的骈文是很有特点的。他写得那样自然流畅，简直不让人感到是骈文。我愿意向青年戏曲作者推荐此人的骈文。好在他的骈文也不多，就那么几篇。当然，要熟读《四进士》宋士杰和《审头·刺汤》里的陆炳的大段念白。

读民歌札记

奇特的想象

汉代的民歌里,有一首,很特别:

> 枯鱼过河泣,
> 何时悔复及?
> 作书与鲂鱮,
> 相教慎出入。

枯鱼,怎么能写信呢?两千多年来,凡读过这首民歌的人,都觉得很惊奇[1]。这样奇特的想象,在书面文学里没有,在口头文学里也少见。似乎这是中国文学里的一个绝无仅有的孤例。

---

[1] 黄节《汉魏乐府风笺》引陈胤倩曰:"作意甚新。"

并不是这样。

偶读民歌选集，发现这样一首广西民歌：

> 石榴开花朵朵红，
>
> 蝴蝶寄信给蜜蜂；
>
> 蜘蛛结网拦了路，
>
> 水泡阳桥路不通。

枯鱼作书，蝴蝶寄信，真是无独有偶。

两首民歌的感情不一样。前一首很沉痛。这是一个落难人的沉重的叹息，是从苦痛的津液中分泌出来的奇想。短短二十个字，概括了世途的险恶。后一首的调子是轻松的、明快的。红的石榴花、蝴蝶、蜜蜂、蜘蛛，这是一幅很热闹的图画，让人想到明媚的春光——哦，初夏的风光。这是一首情歌。他和她——蝴蝶和蜜蜂有约，受了意外的阻碍，然而这点阻碍是暂时的，不足为虑的，是没有真正的危险性的。这首民歌的内在的感情是快乐的、光明的，不是痛苦、绝望的。这两首民歌是不同时代的作品，不同生活的反映。但是其设想之奇特，则无二致。

沈德潜在《古诗源》里选了《枯鱼》，下了一个评语，道是："汉人每有此种奇想。"[1] 其实应该说：民歌每有此种奇想，不独汉人。

汉代民歌里的动物题材

现存的汉代乐府诗里有几首动物题材的诗。它所反映的生活、思想，它的表现方法，在它以前没有，在它以后也少见。这是汉乐府里的一个独特的组成部分，是文学史上一个很值得注意的现象。除了《枯鱼过河泣》，有《雉子班》《乌生》《蝼蝶行》。另，本辞不传，晋乐所奏的《艳歌何尝行》也可以算在里面。我们有理由相信，这是当时所流行的一种题材，散失不传的当会更多。

雉子班

"雉子，

班如此！

之于雉梁。

无以吾翁孺，

雉子！"

知得雉子高蜚止。

---

[1]　闻一多先生《乐府诗笺》也说"汉人常有此奇想"。

黄鹄蜚，

之以千里王可思。

雄来蜚从雌，

视子趋一雄。

"雄子！"

车大驾马滕，

被王送行所中。

尧羊蜚从王孙行。

　　一向都认为这首诗"言字讹谬，声辞杂书"，最为难读。余冠英先生的《乐府诗选》把它加了引号和标点，分清了哪些是剧中人的"对话"，哪些是第三者（作者）的叙述，这样，这首难读的诗几乎可以读通了。这是一个伟大的发现。我们说是"伟大的发现"，是因为用了这种方法，可以帮助我们把原来一些不很明白或者很不明白的古诗弄明白（古代的人如果学会用我们今天的标点符号，会使我们省很多事，用不着闭着眼睛捉迷藏）。余先生以为这首诗写的是一个野鸡家庭的生离死别的悲剧，也是卓越的创见。

　　但是这是一个什么样的悲剧，剧中人共有几人？悲剧的情节是怎样的？在这些方面，我的理解和余先生有些不同。

按余先生《乐府诗选》的注解，他似乎以为是一只小野鸡（雉子）被贵人捉获了，关在一辆马车里。老野鸡（性别不详）追随着马车，一面嘱咐小野鸡一些话。

按照这样的设想，有些辞句解释不通。

"之于雉梁"。"雉梁"可以有不同解释，但总是指的某个地方。"之于"是去到的意思。"之于雉梁"是去到某个地方。小野鸡已经被捉了，怎么还能叫它去到某个地方呢？

"知得雉子高蜚止"。这一句本来不难懂，是说知道雉子高飞远走了。余先生断句为"知得雉子，高蜚止"，说是知道雉子被人所得，老雉高飞而来，不无勉强。

尤其是，按余先生的设想，"雄来蜚从雌"这一句便没有着落。这是一句很关键性的话。这里明明说的是"雄来飞从雌"，不是"雉来飞从雉子"呀。

因此，我觉得有必要在余先生的生动的想象的基础上向前再迈一步。

问题：

一、这里一共有几个人物——几个野鸡？我以为一共有三只：雄野鸡、雌野鸡、小野鸡。

二、被捉获的是谁？——是雌野鸡，不是小野鸡。

对几个词义的猜测：

"班"，旧说同"斑"。"班如此"就是这样的好看。

在如此紧张的生离死别的关头，还要来称赞自己的孩子毛羽斑斓，无此情理。"班"疑当即"乘马班如"、"班师回朝"的"班"，即是回去。贾谊《吊屈原赋》："般纷纷其离此尤兮"，朱熹《集注》云："般音班，……般，反也"，"班"即"般"。

"翁孺"，余先生以为是老人与小孩，泛指人类。"孺"本训小，但可引申为小夫人，乃至夫人。古代的"孺子"往往指的是小老婆，清俞正燮《癸巳类稿·释小补楚语笄内则总角义》辨之甚详[1]。我以为"翁孺"是夫妇，与北朝的《捉搦歌》"愿得两个成翁妪"的"翁妪"是一样的意思。"吾翁孺"即"我们老公姆俩"。"无以吾翁孺"，以，依也，意思是你不要靠我们老公姆俩了。"吾"字不必假借为"俉"，解为"迎也"。

"黄鹄蚩，之以千里王可思"，我怀疑是衍文。

上述词意的猜测，如果不十分牵强，我们就可以对这首剧诗的情节有不同于余先生的设想：

野鸡的一家三口：雄野鸡、雌野鸡、小野鸡，一同

---

[1] 俞正燮此文甚长，征引繁浩，其略云："小妻曰妾，曰孺，曰姬，曰侧室，曰次室，曰偏房，曰如夫人，曰如君，曰姨娘，曰姬娘，曰旁妻，曰庶妻，曰次妻，曰下妻，曰少妻，曰姑娘，曰孺子……""《汉书艺文志·中山王孺子妾歌》注云：'孺子，王妾之有名号者。'……《秦策》亦云：'某夕，某孺子纳某士。'《汉书·王子侯表》：'东城侯遗为孺子所杀。''则王公至士庶妾，通名孺子。'"

出来游玩。忽然来了一个王孙公子，捉获了雌野鸡。小野鸡吓坏了，抹头一翅子就往回飞。难为了雄野鸡。它舍不下老的，又搁不下小的。它看见小野鸡飞回去了，就扬声嘱咐："雉崽呀，往回飞，就这样飞回去，一直飞到野鸡居住的山梁，别管我们老公姆俩！雉崽！"知道小野鸡已经高高飞走了，雄野鸡又飞来追随着雌野鸡。它还忍不住再回头看看，好了，看见小野鸡跟上另一只野鸡，有了照应了，它放了心了。但这也是最后的一眼了，它惨痛地又叫了一声："雉崽！——"车又大，马又飞跑，（雌雉）被送往王孙的行在所了。雄雉翱翔着追随着王孙的车子，飞，飞……

乌　生

乌生八九子，
端坐秦氏桂树间。——嗜我！
秦氏家有游遨荡子，
工用睢阳强、苏合弹。
左手持强弹两丸，
出入乌东西。——嗜我！
一丸即发中乌身，
乌死魂魄飞扬上天：

"阿母生乌子时，
乃在南山岩石间，——嗟我！
人民安知乌子处？
蹊径窈窕安从通？"
"白鹿乃在上林西苑中，
射工尚复得白鹿脯，——嗟我！
黄鹄摩天极高飞，
后宫尚复得烹煮之。
鲤鱼乃在洛水深渊中，
钓钩尚得鲤鱼口。——嗟我！
人民生各各有寿命，
死生何须复道前后？"

  这是中弹身亡的小乌鸦的魂魄和它的母亲的在天之灵的对话。这首诗的特别处是接连用了五个"嗟我"。闻一多先生以为"嗟我"应该连续，旧读"我"属下，大谬。这样一来，就把一首因为后人断句的错误而变得很奇怪别扭的诗又变得十分明白晓畅，还了它的本来面目，厥功至伟。闻先生以为"嗟"是大声，"我"是语尾助词。我觉得，干脆，这是一个词，是一个状声词，这就是乌鸦的叫声。通篇充满了乌鸦的喊叫，增加诗的凄怆悲凉。

蜻蝶行

蜻蝶之遨游东园，
奈何卒逢三月养子燕，
接我苜蓿间。
持之我入紫深宫中，
行缠之傅欂栌间。
雀来燕。
燕子见衔哺来，
摇头鼓翼何轩奴轩。

剔除了几个"之"字，这首诗的意思是明白的：一只快快活活的蝴蝶，被哺雏的燕子叼去当作小燕子的一口食了。

这几首动物题材的乐府诗有以下几个共同的特点：

一、它们是一种独特题材的诗，不是通常所说的（散体和诗体的）"动物故事"。"动物故事"，或名寓言，意在教训，是以物为喻，说明某种道理。它是哲学的、道德的。"动物故事"的作者对于其所借喻的动物的态度大都是超然的、旁观的，有时是嘲谑的。这些乐府诗是抒情的，写实的。作者对于所描写的动物寄予很深的同情。他们对于这些弱小的动物感同身受。实际上，这些不幸的动物，就是作者自己。

二、这些诗大都用动物自己的口吻，用第一人称的语气讲话。《蜨蝶行》开头虽有客观的描叙，但是自"接我苜蓿间"之后，仍是蜨蝶眼中所见的情景，仍是第一人称。这些诗的主要部分是动物的独白或对话。它们又都有一个简单然而生动的情节。这是一些小小的戏剧。而且，全是悲剧。这些悲剧都是突然发生的。蜨蝶在苜蓿园里遨游，乌鸦在桂树上端坐，原来都是很暇豫安适，自乐其生的，可是突然间横祸飞来，弄得妻离子散，家破人亡。《枯鱼过河泣》《雉子班》虽未写遇祸前的景况，想象起来，亦当如是。朱矩堂曰"祸机之伏，从未有不于安乐得之"，对于这些诗来说，是贴切的。

三、为什么汉代会产生这样一些动物题材的民歌？写动物是为了写人。动物的悲剧是人民的悲剧的曲折的反映。对这些猝然发生的惨祸的陈述，是企图安居乐业的人民遭到不可抗拒的暴力的摧残因而发出的控诉。动物的痛苦即是人的痛苦。这一类诗多用第一人称，不是偶然的。这些痛苦是由谁造成的？谁是这些惨剧的对立面？《枯鱼》未明指。《蜨蝶行》写得很隐晦。《雉子班》和《乌生》就老实不客气地点出了是"王孙"和"游遨荡子"，是享有特权的贵族王侯。这些动物诗，实际上写的是特权阶层对小民的虐害。我们知道，汉代的权豪贵戚是非常的横暴恣睢、无所不为的。权豪作恶，成为汉代政治上的一个大问题。这些诗，是当时的社会生活的很深刻的反映。

这些写动物诗，应当联系当时的社会生活来看，应当与一些写人的诗参照着看，——比如《平陵东》（这是一首写五陵年少绑架平民的诗，因与本题无关，故从略）。

民歌中的哲理

民歌，在本质上是抒情的。

民歌当中有没有哲理诗？

湖南古丈有一首描写插秧的民歌：

> 赤脚双双来插田，
>
> 低头看见水中天。
>
> 行行插得齐齐整，
>
> 退步原来是向前。

首先，这是民歌么？论格律，这是很工整的绝句。论意思，"退步原来是向前"，是所谓"见道之言"。这很像是晚唐和宋代的受了禅宗哲学影响的诗人搞出来的东西。然而细读全诗，这的确是劳动人民的作品。没有亲身参加过插秧劳动的人，是不可能有这样真切的体会的。这不是像白居易《观刈麦》那样只是以旁观者的身份在那里发一通感想。

或者，这是某个既参加劳动，也熟悉民歌的诗人所制作的拟民歌。刘禹锡、黄遵宪的某些诗和民歌放在一起，是几乎可以乱真的。但是我们还没有听说过古丈曾出过像刘禹锡、黄遵宪这样的诗人。

是从别的地方把拟作的民歌传进来的？古丈是个偏僻的地方，过去交通很不方便，这种可能性也不大。

看来，我们只能相信，这是民歌，这是出在古丈地方的民歌。

或者说，这是民歌，但无所谓哲理。"退步原来是向前"，是记实，插秧都是倒退着走的，值不得大惊小怪！不能这样讲吧。多少人插过秧，可谁想到过进与退之间的辩证关系？唱出这样的民歌的农民，确实是从实践中悟出一番道理。清代的湖南，出过几个农民出身的唯物主义的哲学家。莫非，湖南的农民特别长于思辨？吁，非所知矣。

何况前面还有一句"低头看见水中天"呢。抬头看天，是常情；低头看天，就有点哲学意味。有这一句，就证明"退步原来是向前"不是孤立的，突如其来的。从总体看，这首民歌弥漫着一种内在的哲理性。——同时又是生机活泼的，生动形象的，不像宋代某些"以理为诗"

的作品那样平板枯燥。

民歌，在本质上是抒情的，但不排斥哲理。

民歌中有没有哲理诗，是一个值得探讨下去的题目。

《老鼠歌》与《硕鼠》

藏族民歌里有一首《老鼠歌》：

> 从星星还没有落下的早晨，
> 耕作到太阳落土的晚上；
> 用疲劳翻开这一锄锄的泥土，
> 见太阳升起又落下山岗。

> 收的谷子粒粒是血汗，
> 耗子在黑夜里把它往洞里搬；
> 这种冤枉有谁知道谁可怜，
> 唉，累死累活只剩下自己的辛酸。

> 我们的皇帝他不管，他不管，
> 我们的朋友只有月亮和太阳；
> 耗子呀，可恨的耗子呀，
> 什么时候你才能死光！

读了这首民歌，立刻让人想到《诗经》里的《硕鼠》。现代研究《诗经》的人，都认为《硕鼠》是劳动者对于统治阶级加在他们头上的不堪忍受的沉重的剥削所发出的怨恨，诸家都无异词。这首《老鼠歌》可以作为一个有力的旁证。如果看了周良沛同志的附注，《诗经》的解释者对于他们的解释就更有信心了：

　　这支歌是清末的一个藏族农民劳动时的即兴之作。他以耗子的形象来影射统治者对人民的剥削。这支歌流行很广，后遭禁唱。一九三三年人民因唱这支歌，曾遭到反动统治者的大批屠杀。

不同的时代，不同的地区，不同的民族，却用同样的形象，同样影射的方法来咒骂压在他们头上的剥削者，这是很有意思的事。其实也不奇怪，人同此心而已。他们遭受的痛苦是一样的。夺去他们的劳动果实的，有统治者，也有像田鼠一样的兽类。他们用老鼠来比喻统治者，正是"能近取譬"。硕鼠，即田鼠，偷盗粮食是很凶的。我在沽源，曾随农民去挖过田鼠洞。挖到一个田鼠洞，可以找到上斗的粮食。而且储藏得很好：豆子是豆子，麦子是麦子，高粱是高粱。分门别类，毫不混杂！这是一个典型的不劳而食者的粮仓。而且，田鼠多得很哪！

《硕鼠》是魏风。周代的魏进入了什么社会形态，我无所知。周良沛同志所搜集的藏族民歌，好像是云南西部的。那个地区的社会形态，我也不了解。"附注"中说这是一个"农民"的即兴之作。是自由农民呢，还是农奴呢？"统治者"是封建地主呢，还是农奴主呢？这些都无从判断。根据直觉的印象，这两首民歌都像是农奴制时代的产物。大批地屠杀唱歌人，这种事只有农奴主才干得出来。而《硕鼠》的"逝（誓）将去汝，适彼乐土"很容易让人想到农奴的逃亡。——封建农民是没有这种思想的。有人说"适彼乐土"只是空虚渺茫的幻想，其实这是十分现实的打算。这首诗分三节，三节的最后都说："逝将去汝"，这是带有积极的行动意味的。而且感情是强烈的。"逝将"乃决绝之词，并无保留，也不软弱。在农奴制社会里，逃亡，是当时仅能做到的反抗。我们不能用今天工人阶级的觉悟去苛求几千年前的农奴。这一点，我和一些《硕鼠》的解释者的看法，有些不同。

严子陵钓台

我小时即对桐庐向往，因为看过影印的黄子久的《富春山居图》，知道那里有个严子陵钓台，还听过一个饶有情趣的故事：严子陵和汉光武帝同榻，把脚丫子放在刘秀的肚子上，弄得观察天文的太史大惊失色，次日奏道："昨天晚上客星犯帝座……"因此，友人约作桐庐小游，便欣然同意。

桐庐确实很美。吴均《与宋元思书》是古今写景名作。"自富阳至桐庐一百里许，奇山异水，天下独绝"，并非虚语。严子陵是余姚人，为什么会跑到桐庐来钓鱼？我想大概是因为这里的风景好。蔡襄说："清风敦薄俗，岂是爱林泉。"恐怕"敦薄俗"是客观效果，"爱林泉"是主观愿望。

中国叫钓鱼台的地方很多，钓鱼为什么要有个台？据我的经验，钓鱼无一定去处，随便哪里一蹲即可，最多带一个马扎子坐坐，没见过坐在台上钓鱼的。"钓鱼台"

多半是假的。严子陵钓台在富春江边山上，山有东西两台。西台是谢翱恸哭天祥处，东台即子陵钓台。严子陵怎么会到山顶上钓鱼呢？那得多长的钓竿，多长的钓丝？袁宏道诗："路深六七寻，山高四五里，纵有百尺钩，岂能到潭底？"诗有哲理，也很幽默。唐人崔儒《严先生钓台记》就提出："吕尚父不应饵鱼，任公子未必钓鳌，世人名之耳。钓台之名，亦犹是乎？"这是很有见地的话。死乞白赖地说这里根本不是严子陵钓台，或者死乞白赖地去考证严子陵到底在哪里垂钓，这两种人都是"傻帽"。

对严子陵这个人到底该怎么看？

中国历史上有两个有名的钓鱼人，一个是姜太公，一个是严子陵。王世贞《钓台赋》说"渭水钓利，桐江钓名"，这说得有点刻薄。不过严子陵确是有争议的人物。

他的事迹很简单，《后汉书》有传。大略谓：严光……少有高名，与光武同游学。及光武即位，乃变姓名，隐身不见。帝思其贤，令物色访之，后齐国上言，有一男子，披羊裘钓泽中，帝疑是光……《后汉书》未说明这是什么季节，但后来写诗的大都认为这是夏天。盛暑披裘，是因为没有钱，换不下季来？还是"心静自然凉"，不怕热？无从猜测。于是，"乃备安车玄纁遣使聘之，三反而后至，舍北军"。他是住在警备部队营房里的。刘秀派了司徒侯霸去看他，希望他晚上进宫去和刘秀说说话。严光不答，只口授了一封给刘秀的信，信只两句："怀仁辅义天下悦，阿谀顺旨要领绝。"刘秀说"狂奴故态也"。于是，当天就亲自去看他。严光躺着不起来，刘秀就在他的卧所，摸摸严光的肚子，说："咄咄子陵，不可相助为理耶？"严光不应，过了好一会儿，才张开眼睛看了光武帝，说："昔唐尧著德，巢父洗耳，士故有志，何至相迫乎？"帝曰："子陵，我竟不能下汝耶！"于是叹息而去。过两天，又带严子陵进宫叙旧，这回倒是聊了很长时间，聊困了，"因共偃卧。光以足加帝腹上"。刘秀则抚摸严子陵的肚子，严子陵以足加帝腹，他们确实到了忘形的地步，君臣之间如此，很不容易。

刘秀封了严子陵一个官，谏议大夫。他不受。乃耕于富春山。建武十七年复特征，不至。年八十，终于家。

刘秀有《与严子陵书》，不知是哪一年写的，文章实在写得好："古大有为之君，必有不召之臣，朕何敢臣子陵哉，惟此鸿业，若涉春冰，譬之疮痏须杖而行。若绮里不少高皇，奈何子陵少朕也。箕山颍水之风，非朕所敢望。"汉人文章多短峭而情致宛然。光武此书，亦足以名世。

对于严子陵，有不以为然的。说得直截了当的是元代的贡师泰："百战山河血未干，汉家宗社要重安。当时尽着羊裘去，谁向云台画里看？"说得很清楚，都像你们的反穿皮袄当隐士，这个国家谁来管呢？刘基的诗前两句比较委婉："伯夷请节太公功，出处行藏岂必同。"后两句即讽刺得很深刻："不是云台兴帝业，桐江无用一丝风！"刘伯温是帮助朱元璋打天下的，他当然不赞成严子陵的做法。

对严子陵颂扬的诗文甚多，不具引。最有名的是范仲淹的《严先生祠堂记》。范仲淹有两篇有名的"记"，一篇是《岳阳楼记》，一篇便是《严先生祠堂记》。此记最后的四句歌尤为千载传诵："云山苍苍，江水泱泱。先生之风，山高水长。"范仲淹是政治家，功业甚著，他主张"先天下之忧而忧，后天下之乐而乐"，是很入世的，为什么又这样称颂严子陵这样出世的隐士呢？想了一下，觉得这是范仲淹衡量读书人的两种尺度，也是中国知识分子的两面。这两面常常同时存在于一个人的身上：立功与隐逸，或者各偏于一面，也无不可。范仲淹认为严子陵的风格可以使"贪夫廉，懦夫立，是大有功于名教也"。我想即到今天，这对人的精神还是有作用的。

吃食和文学

咸菜和文化

偶然和高晓声谈起"文化小说",晓声说:"什么叫文化?——吃东西也是文化。"我同意他的看法。这两天自己在家里腌韭菜花,想起咸菜和文化。

咸菜可以算是一种中国文化。西方似乎没有咸菜。我吃过"洋泡菜",那不能算咸菜。日本有咸菜,但不知道有没有中国这样盛行。"文革"前福建日报登过一则猴子腌咸菜的新闻,一个新华社归侨记者用此材料写了一篇对外的特稿:"猴子会腌咸菜吗?"被批评为"资产阶级新闻观点"。——为什么这就是资产阶级新闻观点呢?猴子腌咸菜,大概是跟人学的。于此可以证明咸菜在中国是极为常见的东西。中国不出咸菜的地方大概不多。各地的咸菜各有特点,互不雷同。北京的水疙瘩、天津的津冬菜、保定的春不老。"保定有三宝,铁球、面酱、春不老",

我吃过苏州的春不老，是用带缨子的很小的萝卜腌制的，腌成后寸把长的小缨子还是碧绿的，极嫩，微甜，好吃，名字也起得好。保定的春不老想也是这样的。周作人曾说他的家乡经常吃的是咸极了的咸鱼和咸极了的咸菜。鲁迅《风波》里写的蒸得乌黑的干菜很诱人。腌雪里蕻南北皆有。上海人爱吃咸菜肉丝面和雪笋汤。云南曲靖的韭菜花风味绝佳。曲靖韭菜花的主料其实是细切晾干的苤蓝丝，与北京作为吃涮羊肉的调料的韭菜花不同。贵州有冰糖酸，乃以芥菜加醪糟、辣子腌成。四川咸菜种类极多，据说必以自流井的粗盐腌制乃佳。行销（真是"行销"）全国，远至海外（有华侨的地方），堪称咸菜之王的，应数榨菜。朝鲜辣菜也可以算是咸菜。延边的腌蕨菜北京偶有卖的，人多不识。福建的黄萝卜很有名，可惜未曾吃过。我的家乡每到秋末冬初，多数人家都腌萝卜干。到店铺里学徒，要"吃三年萝卜干饭"，言其缺油水也。中国咸菜多矣，此不能备载。如果有人写一本《咸菜谱》，将是一本非常有意思的书。

咸菜起于何时，我一直没有弄清楚。古书里有一个"菹"字。我少时曾以为是咸菜。后来看《说文解字》，菹字下注云："酢菜也"，不对了。汉字凡从酉者，都和酒有点关系。酢菜现在还有。昆明的"茄子酢"、湖南乾城的"酢辣子"，都是密封在坛子里使酒化了的，吃起来都带酒香。这不能算是咸菜。有一个蒚字，则确乎是咸菜了。这是切碎了腌的。这东西的颜色是发黄的故称"黄蒚"。腌制得法，"色如金钗股"云。我无端地觉得，这恐怕就是酸雪里蕻。蒚似乎不是很古的东西。这个字的大量出现好像是在宋人的笔记和元人的戏曲里。这是穷秀才和和尚常吃的东西。"黄蒚"成了嘲笑秀才和和尚，亦为秀才和和尚自嘲的常用的话头。中国咸菜之多，制作之精，我以为跟佛教有一点关系。佛教徒不茹荤，又不一定一年四季都能吃到新鲜蔬菜，于是就在咸菜上打主意。我的家乡腌咸菜腌得最好的是尼姑庵。尼姑到相熟的施主家去拜年，都要备几色咸菜。关于咸菜的起源，我在看杂书时还要随时留心，并希望博学而好古的馋人有以教我。

　　和咸菜相伯仲的是酱菜。中国的酱菜大别起来，可分为北味的与南味的两类。北味的以北京为代表。六必居、天源、后门的"大葫芦"都很好。——"大葫芦"门悬大葫芦为记，现在好像已经没有了。保定酱菜有名，但与北京酱菜区别实不大。南味的以扬州酱菜为代表，商标为"三和"、"四美"。北方酱菜偏咸，南则偏甜。中国好像什么东西都可以拿来酱。萝卜、瓜、莴苣、蒜苗、甘露、藕，乃至花生、核桃、杏仁，无不可酱。北京酱菜里有酱银苗，我到现在还不知道究竟是什么东西。只有荸荠不能酱。我的家乡不兴到酱园里开口说买酱荸荠，那是骂人的话。

　　酱菜起于何时，我也弄不清楚。不会很早。因为制酱菜有个前提，必得先有酱，——豆制的酱。酱——酱油，是中国一大发明。"柴米油盐酱醋茶"，酱为开门七事之一。中国菜多数要放酱油。西方没有。有一个京剧演员出国，回来总结了一条经验，告诫同行，以后若有出国机会，必须带一盒固体酱油！没有郫县豆瓣，就做不出"正宗川味"。但是中国古代的酱和现在的酱不是一回事。《说文》酱字注云从肉、从酉、爿声。这是加盐、加酒、经过发酵的肉酱。《周礼·天官·膳夫》："凡王之馈，酱用百有二十瓮。"郑玄注："酱，谓醢醯也。"醢、醯，都是肉酱。大概较早出现的是豉，其后才有现在的酱。汉代著作中提到的酱，好像已是豆制的。东汉王充《论衡》："作豆酱恶闻雷"，明确提到豆酱。《齐民要术》提到酱油，但其时已至北魏，距现在一千五百多年——当然，这也相当古了。酱菜的起源，我现在还没有查出来，俟诸异日吧。

　　考查咸菜和酱菜的起源，我不反对，而且颇有兴趣。但是，也不一定非得寻出它的来由不可。

　　"文化小说"的概念颇含糊。小说重视民族文化，并从生活的深层追寻某种民族文化的"根"，我以为是未可厚非的。小说要有浓郁的民族色彩，不在民族文化里腌一腌、酱一酱，是不成的，但是不一定非得追寻得那么远，非得追寻到一种苍苍莽莽的古文化不可。古文化荒邈难稽（连咸菜和酱菜的来源我们还不清楚）。寻找古文化，是考古学家的事，不是作家的事。从食品角度来说，与其考察太子丹请荆轲吃的是什么，不如追寻一下"春不老"；与其查究楚辞里的"蕙肴蒸"，不如品味品味湖南豆豉；与其追溯断发文身的越人怎样吃蛤蜊，不如蒸一碗霉干菜，喝两杯黄酒。我们在小说里要表现的文化，首先是现在的，活着的；其次是昨天的，消逝不久的。理由很简单，因为我们可以看得见，摸得着，尝得出，想得透。

一九八六年九月十一日

口味·耳音·兴趣

我有一次买牛肉。排在我前面的是一个中年妇女，看样子是个知识分子，南方人。轮到她了，她问卖牛肉的："牛肉怎么做？"我很奇怪，问："你没有做过牛肉？"——"没有。我们家不吃牛羊肉。"——"那您买牛肉——？"——"我的孩子大了，他们会到外地去。我让他们习惯习惯，出去了好适应。"这位做母亲的用心良苦。我于是尽了一趟义务，把她请到一边，讲了一通牛肉做法，从清炖、红烧、咖喱牛肉，直到广东的蚝油炒牛肉、四川的水煮牛肉、干煸牛肉丝……

有人不吃羊肉。我们到内蒙去体验生活。有一位女同志不吃羊肉，——闻到羊肉气味都恶心，这可苦了。她只好顿顿吃开水泡饭，吃咸菜。看见我吃手抓羊肉、羊贝子（全羊）吃得那样香，直生气！

有人不吃辣椒。我们到重庆去体验生活。有几个女演员去吃汤圆，进门就嚷嚷："不要辣椒！"卖汤圆的冷冷地说："汤圆没有放辣椒的！"

许多东西不吃，"下去"，很不方便。到一个地方，听不懂那里的话，也很麻烦。

我们到湘鄂赣去体验生活。在长沙，有一个同志的鞋坏了，去修鞋，鞋铺里不收。"为什么？"——"修鞋的不好过。"——"什么？"——"修鞋的不好过！"我只得给他翻译一下，告诉他修鞋的今天病了，他不舒服。上了井冈山，更麻烦了：井冈山说的是客家话。我们听一位队长介绍情况，他说这里没有人肯当干部，他挺身而出，他老婆反对，说是"辣子毛补，两头秀腐"——"什么什么？"我又得给他翻译："辣椒没有营养，吃下去两头受苦。"这样一翻译可就什么味道也没有了。

我去看昆曲，"打虎游街"、"借茶活捉"……好戏。小丑的苏白尤其传神，我听得津津有味，不时发出笑声。

邻座是一个唱花旦的京剧女演员，她听不懂，直着急，老问："他说什么？说什么？"我又不能逐句翻译，她很遗憾。

我有一次到民族饭店去找人，身后有几个少女在叽叽呱呱地说很地道的苏州话。一边的电梯来了，一个少女大声招呼她的同伴："乖面乖面（这边这边）！"我回头一看：说苏州话的是几个美国人！

我们那位唱花旦的女演员在语言能力上比这几个美国少女可差多了。

一个文艺工作者、一个作家、一个演员的口味最好杂一点，从北京的豆汁到广东的龙虱都尝尝（有些吃的我也招架不了，比如贵州的鱼腥草）；耳音要好一些，能多听懂几种方言，四川话、苏州话、扬州话（有些话我也一句不懂，比如温州话）。否则，是个损失。

口味单调一点、耳音差一点，也还不要紧，最要紧的是对生活的兴趣要广一点。

一九八六年八月十二日

苦瓜是瓜吗？

昨天晚上，家里吃白兰瓜。我的一个小孙女，还不到三岁，一边吃，一边说："白兰瓜、哈密瓜、黄金瓜、华莱士瓜、西瓜，这些都是瓜。"我很惊奇了：她已经能自己经过归纳，形成"瓜"的概念了（没有人教过她）。这表示她的智力已经发展到了一个重要的阶段。凭借概念，进行思维，是一切科学的基础。她奶奶问她："黄瓜呢？"她点点头。"苦瓜呢？"她摇摇头。我想：她大概认为"瓜"是可吃的，并且是好吃的（这些瓜她都吃过）。今天早起，又问她："苦瓜是不是瓜？"她还是坚决地摇了摇头，并且说明她的理由："苦瓜不像瓜。"我于是进一步想：我对她的概念的分析是不完全的。原来在她的"瓜"概念里除了好吃不好吃，还有一个像不像的问题（苦瓜的表皮疙里疙瘩的，也确实不大像瓜）。我翻了翻《辞海》，看到苦瓜属葫芦科。那么，我的孙女认为苦瓜不是瓜，是有道理的。我又翻了翻《辞海》的"黄瓜"条：黄瓜也是属葫芦科。苦瓜、黄瓜习惯上都叫作瓜；而另一种很"像"是瓜的东西，在北方却称之为："西葫芦"。瓜乎？葫芦乎？苦瓜是不是瓜呢？我倒糊涂起来了。

前天有两个同乡因事到北京，来看我。吃饭的时候，有一盘炒苦瓜。同乡之一问："这是什么？"我告诉他是苦瓜。他说："我倒要尝尝。"夹了一小片入口："乖乖！真苦啊！——这个东西能吃？为什么要吃这种东西？"我说："酸甜苦辣咸，苦也是五味之一。"他说："不错！"

我告诉他们这就是癞葡萄。另一同乡说："'癞葡萄'，那我知道的。癞葡萄能这个吃法？"

"苦瓜"之名，我最初是从石涛的画上知道的。我家里有不少有正书局珂罗版印的画集，其中石涛的画不少。我从小喜欢石涛的画。石涛的别号甚多，除石涛外有释济、清湘道人、大涤子、瞎尊者和苦瓜和尚。但我不知道苦瓜为何物。到了昆明，一看：哦，原来就是癞葡萄！我的大伯父每年都要在后园里种几棵癞葡萄，不是为了吃，是为了成熟之后摘下来装在盘子里看着玩的。有时也剖开一两个，挖出籽儿来尝尝。有一点甜味，并不好吃。而且颜色鲜红，如同一个一个血饼子，看起来很刺激，也使人不大敢吃它。当作菜，我没有吃过。有一个西南联大的同学，是个诗人，他整了我一下子。我曾经吹牛，说没有我不吃的东西。他请我到一个小饭馆吃饭，要了三个菜：凉拌苦瓜、炒苦瓜、苦瓜汤！我咬咬牙，全吃了。从此，我就吃苦瓜了。

苦瓜原产于印度尼西亚，中国最初种植是广东、广西。现在云南、贵州都有。据我所知，最爱吃苦瓜的似是湖南人。有一盘炒苦瓜，——加青辣椒、豆豉，少放点猪肉，湖南人可以吃三碗饭。石涛是广西全州人，他从小就是吃苦瓜的，而且一定很爱吃。"苦瓜和尚"这别号可能有一点禅机，有一点独往独来，不随流俗的傲气，正如他叫"瞎尊者"，其实并不瞎；但也可能是一句实在话。石涛中年流寓南京，晚年久住扬州。南京人、扬州人看见这个和尚拿癞葡萄来炒了吃，一定会觉得非常奇怪的。

北京人过去是不吃苦瓜的。菜市场偶尔有苦瓜卖，是从南方运来的。买的也都是南方人。近二年北京人也有吃苦瓜的了，有人还很爱吃。农贸市场卖的苦瓜都是本地的菜农种的，所以格外鲜嫩。看来人的口味是可以改变的。

由苦瓜我想到几个有关文学创作的问题：

一、应该承认苦瓜也是一道菜。谁也不能把苦从五味里开除出去。我希望评论家、作家——特别是老作家，口味要杂一点，不要偏食。不要对自己没有看惯的作品轻易地否定、排斥。不要像我的那位同乡一样，问道："这个东西能吃？为什么要吃这种东西？"提出"这样的作品能写？为什么要写这样的作品？"我希望他们能习惯类似苦瓜一样的作品，能吃出一点味道来，如现在的某些北京人。

二、《辞海》说苦瓜"未熟嫩果作蔬菜，成熟果瓤可生食"。对于苦瓜，可以各取所需，愿吃皮的吃皮，愿吃瓤的吃瓤。对于一个作品，也可以见仁见智。可以探索其哲学意蕴，也可以踪迹其美学追求。北京人吃凉拌芹菜，只取嫩茎，西餐馆做罗宋汤则专要芹菜叶。人弃人取，各随尊便。

三、一个作品算是现实主义的也可以，算是现代主义的也可以，只要它真是一个作品。作品就是作品。正如苦瓜，说它是瓜也行，说它是葫芦也行，只要它是可吃的。苦瓜就是苦瓜。——如果不是苦瓜，而是狗尾巴草，那就另当别论。截至现在为止，还没有人认为狗尾巴草很好吃。

一九八六年九月六日

童歌小议

少年的谐谑

　　我的孩子（他现在已经当了爸爸了）曾在一个"少年之家""上"过。有一次唱歌比赛，几个男孩子上了台。指挥是一个姓肖的孩子。"预备——齐！"几个孩子放声歌唱：

　　　　排起队，

　　　　唱起歌，

　　　　拉起大粪车。

　　　　花园里，

　　　　花儿多，

　　　　马蜂螫了我！

　　表情严肃，唱得很齐。

少年之家的老师傻了眼了：这是什么歌？

一个时期，北京的孩子（主要是女孩子）传唱过一首歌：

> 小孩小孩你别哭，
> 前面就是你大姑。
> 你大姑罗圈腿，
> 走起路来扭屁股，
> ——扭屁股哎嗨哟哦……

这首歌是用山东柳琴的调子唱的，歌词与曲调结合得恰好，而且有山东味儿。

这些歌是孩子们"胡编"出来的。如果细心搜集，单是在北京，就可以搜集到不少这种少年儿童信口胡编的歌。

对于孩子们自己编出来的这样的歌，我们持什么态度？

一种态度是鼓励。截至现在为止，还没有听到一位少儿教育专家提出应该鼓励孩子们这样的创造性。

第二种态度是禁止。禁止不了，除非禁止人有童年。

第三种态度是不管，由它去。少年之家的老师对淘气的男孩子唱那样的歌，不知如何是好，只是傻了眼。"傻了眼"不失为一种明智的态度。

　　第四种态度是研究它。我觉得孩子们编这样的歌反映了一种逆反心理，甚至是对于强加于他们的过于严肃的生活规范，包括带有教条意味的过于严肃的歌曲的抗议。这些歌是他们自己的歌。

　　第五种态度是向他们学习。作家应该向孩子学习。学习他们的信口胡编。第一是信口。孩子对于语言的韵律有一种先天的敏感。他们自己编的歌都非常"顺"，非常自然，一听就记得住。现在的新诗多不留意韵律，朦胧诗尤其是这样。我不懂，是不是朦胧诗就非得排斥韵律不可？我以为朦胧诗尤其需要韵律。李商隐的不少诗很难"达诂"，但是听起来很美。戴望舒的《雨巷》说的是什么？但听起来很美。听起来美，便受到感染，于是似乎是懂了。不懂之懂，是为真懂。其次，是"胡编"。就是说，学习孩子们的滑稽感，学习他们对于生活的并不恶毒的嘲谑态度。直截了当地说：学习他们的胡闹。

　　但是胡闹是不易学的。这需要才能，我们的胡闹才能已经被孔夫子和教条主义者敲打得一干二净。我们只有正经文学，没有胡闹文学。再过二十年，才许会有。

儿歌的振兴

　　近些天楼下在盖房子，电锯的声音很吵人。电锯声中，想起有关儿歌的问题。

　　　　拉大锯，

　　　　扯大锯。

　　　　姥姥家，

　　　　唱大戏。

　　　　请闺女，

　　　　接女婿。

　　　　小外孙子也要去，

　　　　……

　　这是流传于河北一带的儿歌。流传了不知有几百
年了。

　　　　拉锯，

　　　　送锯。

　　　　你来，

　　　　我去。

　　　　拉一把，

　　　　推一把，

　　　　哗啦哗啦起风啦

　　　　……

这首歌是有谱，可以唱的。我在幼儿园时就唱过。我上幼儿园是五岁，今年六十六了。我的孙女现在还唱这首歌。这首歌也至少有了五十多年的历史了。

这两首儿歌都是"写"得很好的。音节好听，很形象。前一首"拉大锯"是"兴也"，只是起个头，主要情趣在"姥姥家，唱大戏……"。后一首则是"赋也"，更具体地描绘了拉大锯的动作。拉大锯是过去常常可以见到的。两根短木柱，搭起交叉的架子，上面卡放了一根圆木，圆木的一头搭在地上；圆木上弹了墨线；两个人，一个站在圆木上，两腿一前一后，一个盘腿坐在下面，两人各持大锯的木把，"噌、噌、噌"地锯起来，锯末飞溅，墨线一寸一寸减短，圆木"解"成了板子。"拉大锯，扯大锯"，"拉锯，送锯，你来，我去"，如果不对拉锯做过仔细的观察，是不能"写"得如此生动准确的。

但是现在至少在大城市已经难得看见拉大锯的了。现在从外地到北京来给人家打家具的木工，很多都自带了小电锯，解起板子来比鲁班爷传下来的大锯要快得多了。总有一天，大锯会绝迹的。我的孙女虽然还唱、念我曾经唱、念过的儿歌，但已经不解歌词所谓。总有一天，这样的儿歌会消失的。

旧日的儿歌无作者，大都是奶奶、姥姥、妈妈顺口编出来的，也有些是幼儿自己编的，是所谓"天籁"，所以都很美。美在有意无意之间，富于生活情趣，而皆朗朗上口。儿歌引导幼儿对于生活的关心，有助于他们发挥想象，启发他们对语言的欣赏，使他们得到极大的美感享受。儿歌是一个人最初接触的并且影响到他毕生的艺术气质的纯诗。

"拉锯，送锯"可能原有一首只念不唱的儿歌的底子，但也可能是某一关心幼儿教育的作家的作品。如果是专业作家的作品，那么这位作家是了不起的作家。旧儿歌消亡了，将有新儿歌来代替。现在的儿歌大都是创作的。我读了不少我的孙女的"幼儿读物"，觉得新编的儿歌好的不多。政治性太强，过分强调教育意义，概念化，语言不美，声音不好听。看来有些儿歌作者缺乏艺术感，语言功力不够，我希望新儿歌的作者能熟读几百首旧儿歌。我希望有兼富儿童心和母性的大诗人能写写儿歌。

香港的高楼和北京的大树

香港多高楼，无大树。

中环一带，高楼林立，车如流水。楼多在五六十层以上。因为都很高，所以也显不出哪一座特别突出。建筑材料钢筋水泥已经少见了。飞机钢、合金铝、透亮的玻璃、纯黑的大理石。香港马路窄，无林荫树。寸土如金，无隙地可种树也。

这个城市，五光十色，只是缺少必要的、足够的绿。

半山有树。

山顶有树。

只是似乎没有人注意这些树，欣赏这些树。树被人忽略了。

海洋公园有树，都修剪得很整洁。这里有从世界各地移植来的植物。扶桑花皆如碗大，有深红、浅红、白色的，内地少见。但是游人极少在这些过于鲜明的花木之间流连。到这里来的目的是乘坐"疯狂飞天车"、浪船、"八脚鱼"之类的富于刺激性的、使人晕眩的游乐玩意儿。

我对这些玩意儿全都不敢领教，只是呷吸着可口可乐，看看年轻人乘坐这些玩意儿的兴奋紧张的神情，听他们在危险的瞬间发出的惊呼。我老了。

我坐在酒店的房间里（我在香港极少逛街，张辛欣说我从北京到香港就是换一个地方坐着），想起北京的大树，中山公园、劳动人民文化宫、天坛的柏树，北海的白皮松。

渡海到大屿岛梅窝参加大陆和香港作家的交流营，住了两天。这是香港人度假的地方，很安静。海、沙滩、礁石。错错落落，不很高的建筑。上山的小道。我现在明白了，为什么居住在高度现代化的城市的人需要度假。他们需要暂时离开紧张的生活节奏，需要安静，需要清闲。

古华看看大屿山，两次提出疑问："为什么山上没有大树？"他说："如果有十棵大松树，不要多，有十棵，就大不一样了！"山上是有树的。台湾相思树，枝叶都很美。只是大树确实是没有。

没有古华家乡的大松树。

也没有北京的大柏树、白皮松。

"所谓故国者非有乔木之谓也。"然而没有乔木，是不成其为故国的。《金瓶梅》潘金莲有言："南京的沈万山，北京的大树，人的名儿，树的影儿。"至少在明朝的时候，北京的大树就有了名了。北京有大树，北京才成其为北京。

回北京，下了飞机，坐在"的士"里，与同车作家谈起香港的速度。司机在前面搭话："北京将来也会有那样的速度的！"他的话不错。北京也是要高度现代化的，会有高速度的。现代化、高速度以后的北京会是什么样子呢？想起那些大树，我就觉得安心了。现代化之后的北京，还会是北京。

香港的鸟

　　早晨九点钟，在跑马地一带闲走。香港人起得晚，商店要到十一点才开门，这时街上人少，车也少，比较清静。看见一个人，大概五十来岁，手里托着一只鸟笼。这只鸟笼的底盘只有一本大三十二开的书那样大，两层，做得很精致。这种双层的鸟笼，我还是头一次见到。楼上楼下，各有一只绣眼。香港的绣眼似乎比内地的也更为小巧。他走得比较慢，近乎是在散步。——香港人走路都很快，总是匆匆忙忙，好像都在赶着去办一件什么事。在香港，看见这样一个遛鸟的闲人，我觉得很新鲜。至少他这会儿还是清闲的，——也许过一个小时他就要忙碌起来了。他这也算是遛鸟了，虽然在林立的高楼之间，在狭窄的人行道上遛鸟，不免有点滑稽。而且这时候遛鸟，也太晚了一点。——北京的遛鸟的这时候早遛完了，回家了。莫非香港的鸟也醒得晚？

　　在香港的街上遛鸟，大概只能用这样精致的双层小鸟笼。像徐州人那样可不行。——我忽然想起徐州人遛鸟。徐州人养百灵，笼极高大，高三四尺（笼里的"台"也比北京的高得多），无法手提，只能用一根打磨得极光滑的枣木杆子做扁担，把鸟笼担着。或两笼，或三笼、四笼。这样的遛鸟，只能在旧黄河岸，慢慢地走。如果在香港，担着这样高大的鸟笼，用这样的慢步遛鸟，是绝对不行的。

我告诉张辛欣，我看见一个香港遛鸟的人，她说："你就注意这样的事情！"我也不禁自笑。

在隔海的大屿山，晨起，听见斑鸠叫。艾芜同志正在散步，驻足而听，说："斑鸠。"意态悠远，似乎有所感触，又似乎没有。

宿大屿山，夜间听见蟋蟀叫。

临离香港，被一个记者拉住，问我对于香港的观感。匆促之间，不暇细谈，我只说："眼花缭乱，应接不暇"，并说我在香港听到了斑鸠和蟋蟀，觉得很亲切。她问我斑鸠是什么，我只好模仿斑鸠的叫声，她连连点头。也许她听不懂我的普通话，也许她真的对斑鸠不大熟悉。

香港鸟很少，天空几乎见不到一只飞着的鸟，鸦鸣鹊噪都听不见，但是酒席上几乎都有焗禾花雀和焗乳鸽。香港有那么多餐馆，每天要消耗多少禾花雀和乳鸽呀？这些禾花雀和乳鸽是哪里来的呢？对于某些香港人来说，鸟是可吃的，不是看的，听的。

城市发达了，鸟就会减少。北京太庙的灰鹤和宣武门城楼的雨燕现在都没有了。但是我希望有关领导在从事城市建设时，能注意多留住一些鸟。

林肯的鼻子

　　我们到伊里诺明州斯泼凌菲尔德市参观林肯故居。林肯居住过的房子正在修复。街道和几家邻居的住宅倒都已经修好了。街道上铺的是木板。几家邻居的房子也是木结构，样子差不多。一位穿了林肯时代服装（白洋布印黑色小碎花的蓬起的长裙，同样颜色短袄，戴无指手套，手上还套一个线结的钱袋）的中年女士给我们做介绍。她的声音有点尖厉，话说得比较快，说得很多，滔滔不绝。也许林肯时代的妇女就是这样说话的。她说了一些与林肯无关的话，老是说她们姊妹的事。有一个林肯旧邻的后代也出来做了介绍。他也穿了林肯时代的服装，本色毛布的长过膝盖的外套，皮靴也是牛皮本色的，不上油。领口系了一条绿色的丝带。此人的话也很多，一边说，一边老是向右侧扬起脑袋，有点兴奋，又像有点愤世嫉俗。他说了一气，最后说："我是学过心理学的，我一看你的眼睛，就知道你说的是不是真话！——日安！"

用一句北京话来说：这是哪儿跟哪儿呀？此人道罢日安，翩然而去，由印花布女士继续介绍。她最后说："林肯是伟大的政治家，但在生活上是个无赖。"我真有点怀疑我的耳朵。

第二天上午，参观林肯墓，墓的地点很好，很空旷，墓前是一片草坪，更前是很多高大的树。

这天步兵一一四旅特地给国际写作计划的作家们表演了升旗仪式。两个穿了当年的蓝色薄呢制服的队长模样的军人在旗杆前等着。其中一个挎了红缎子的值星带，佩指挥刀。在军鼓和小号声中走来一队士兵，也都穿蓝呢子制服。所谓一队，其实只有七个人。前面两个，一个打着美国国旗，一个打着州旗。当中三个背着长枪。最后两个，一个打鼓，一个吹号。走得很有节拍，但是轻轻松松的。立定之后，向左转，架好长枪。喊口令的就是那个吹小号的，他的军帽后边露着雪白的头发，大概岁数不小了。口令声音很轻，并不大声怒喝。——中国军队大声喊口令，大概是受了日本或德国的影响。口令是要练的。我在昆明时，每天清晨听见第五军校的学生练口令，那么多人一同怒吼，真是惊天动地。一声"升旗"后，老兵自己吹了号，号音有点像中国的"三环号"。那两个队长举手敬礼，国旗和州旗升上去。一会儿工夫，仪式就完了，士兵列队走去，小号吹起来，吹的是"光荣光荣哈里鲁亚"。打鼓的这回不是打的鼓面，只是用两根鼓棒敲着鼓边。这个升旗仪式既不威武雄壮，也并不怎么庄严肃穆。说是形同儿戏，那倒也不是。只能说这是美国式的仪式，比较随便。

林肯墓是一座白花岗石的方塔形的建筑，墓前有林肯的立像。两侧各有一组内战英雄的群像。一组在举旗挺进；一组有扬蹄的战马。墓基前数步，石座上还有一个很大的铜铸的林肯的头像。

我觉得林肯墓是好看的，清清爽爽，干干净净。一位法国作家说他到过南京，看过中山陵，说林肯墓和中山陵不能相比。——中山陵有气魄。我说："不同的风格。"——"对，完全不同的风格！"他不知道林肯墓是"墓"，中山陵是"陵"呀。

我们到墓里看了一圈。这里葬着林肯，林肯的夫人，还有他的三个儿子。正中还有一个林肯坐在椅子里的铜像。他的三个儿子都有一个铜像，但较小。林肯的儿子极像林肯。纪念林肯，同时纪念他的家属，这也是一种美国式的思想。——这里倒没有林肯的"亲密战友"的任何名字和形象。

走出墓道，看到好些人去摸林肯的鼻子——头像的鼻子。有带着孩子的，把孩子举起来，孩子就高高兴兴地去摸。林肯的头像外面原来是镀了一层黑颜色的，他的鼻子被摸得多了，露出里面的黄铜，锃亮锃亮的。为什么要去摸林肯的鼻子？我想原来只是因为林肯的鼻子很突出，后来就成了一种迷信，说是摸了会有好运气。好几位作家握着林肯的鼻子照了相。他们叫我也照一张，我笑了笑，摇摇头。

归途中路过诗人艾德加·李·马斯特的故居。马斯特对林肯的一些观点是不同意的。我问接待我们的一位女士：马斯特究竟不同意林肯的哪些观点，她说她也不清楚，只知道他们关系不好。我说："你们不管他们观点有什么分歧，都一样地纪念，是不是？"她说："只要是对人类文化有过贡献的，我们都纪念，不管他们的关系好不好。"我说："这大概就是美国的民主。"她说："你说的很好。"我说："我不赞成大家去摸林肯的鼻子。"她说："我也不赞成！"

途次又经桑德堡故居。对桑德堡，中国的读者比较熟悉，他的短诗《雾》是传诵很广的。桑德堡写过长诗《林肯——在战争年代》。他是赞成林肯观点的。

回到住处，我想：摸林肯的鼻子，到底要得要不得？最后的结论是：这还是要得的。谁的鼻子都可以摸，林肯的鼻子也可以摸。没有一个人的鼻子是神圣的。林肯有一句名言："All men are created equal。"（所有的人生来都是平等的。）我还想到，自由、平等、博爱，是不可分割的概念。自由，是以平等为前提的。在中国，现在，

很需要倡导这种 "created equal" 的精神。

让我们平等地摸别人的鼻子，也让别人摸。

一九八七年十月一日爱荷华

悬空的人

黑人学者赫伯特约我去谈谈。这是一个很有教养的人。他在爱荷华大学读了十年，得过四个学位。学过哲学，现在在教历史，但是他的兴趣在研究戏剧，——美国戏剧和别的国家的戏剧。我在一个酒会上遇见他。他说他对许多国家的戏剧都有所了解，唯独对中国戏剧不了解。他问我中国的丧服是不是白色的，我说：是的。他说欧洲的丧服是黑的，只有中国和黑人的丧服是白的。他觉得这有某种联系。

赫伯特很高大，长眉毛，大眼睛，阔唇，结实的白牙齿。说话时声音不高，从从容容，带着深思。听人说话时很专注，每有解悟，频频点头，或露出明亮的微笑。

和他住在一起的另一个黑人叫安东尼，比较瘦小，很文静，话很少，神情有点忧郁。他在南朝鲜研究过造纸、印刷和绘画，他想把这三者结合起来。他给我看了他的一张近作。纸是他自己造的，很厚，先印刷了一遍，再用中国毛笔画出来的。画的是《爱丽斯漫游奇境》里的镜中景象。当然，是抽象的。我觉得画的是痛苦的思维。他点点头。他现在在爱荷华大学美术馆负责。

赫伯特讲了他准备写的一个戏的构思。开幕是一个教堂，正在举行一个人的丧礼，大家都穿了白衣服。不一会儿，抬上来一具棺材。死者从棺材里爬了出来。别人问他："你是来演戏的，还是来看戏的？"以下的一场，一些人在打篮球（当然是虚拟动作），剧情在球赛中进行。因为他的构思还没有完成，无法谈得很具体，我只能建议他把戏里存在的两个主题拧在一起，赋予打篮球以一个象征的意义。

以后就谈起美国的黑人问题。

赫伯特说：美国人都能说出他们是从哪里来的。从英格兰来的，苏格兰来的，荷兰来的，德国来的。我们说不出。我的来历，可以追溯到我的曾祖父。再往上，就不知道了。都是奴隶。我们不知道自己叫什么。Black people，nigro，都是白人叫我们的。我们是从非洲来的，但是是从哪个国家、哪个部族来的？不知道。我们只能把整个非洲当作我们的故乡，但是非洲很大，这个故乡是渺茫的。非洲人也不承认我们，说"你们是美国人"！我们没有文化传统，没有历史。

我说：这是一种很深刻的悲哀。

赫伯特和安东尼都说：很深刻的悲哀！

赫伯特说：美国政府希望我们接受美国文化，但是这不是我们的文化。

我说美国现在的种族歧视好像不那么厉害。

赫伯特说：有些州还有，有些州好些，比如爱荷华。所以我们愿意住在这里。取消对黑人的歧视，约翰逊起了作用。我出去当了四年兵，回来一看：这是怎么回事？——黑人可以和白人同坐一列车，在一个饭馆里吃饭了。但是实际上还是有差别的。黑人杀了白人，要判很重的刑，常常是终身监禁；白人杀了黑人，关几年，很快就放出来了；黑人杀黑人，美国政府不管，——让你们杀去吧！

赫伯特承认，黑人犯罪率高（纽约哥伦比亚大学附近的一个公园、芝加哥的黑人区，晚上没有人敢去），脏。这应该主要由制度负责，还是应该黑人自己负责？

赫伯特说，主要是制度问题。二百年了，黑人没有好的教育，居住条件差，吃得不好，——黑人吃的东西和白人不一样。这不是一朝一夕能改变的。

（我想到改善人民的饮食和居住条件是直接和提高民族素质有关的事。住高楼大厦和大杂院，吃精米白面高蛋白和吃窝头咸菜的人就是不一样。）

我知道美国政府近年对黑人的政策有很大的改变，有意在黑人中培养出一部分中产阶级。美国的大学招生，政府规定黑人要占一定的百分比。完成不了比率，要受批评，甚至会削减学校的经费。黑人比较容易得到奖学金（美国奖学金很高，得到奖学金，学费、生活费可不成问题）。赫伯特、安东尼都在大学教书，爱荷华大学的副教务长（是一个诗人）是黑人。在芝加哥街头可以看到很多穿戴得相当讲究的黑人妇女（浑身珠光宝气，比有些白人妇女还要雍容华贵）。我问：是不是这样？

是这样。但是美国的大企业主没有一个是黑人。

这样，美国的黑人就发生了分化：中产阶级的黑人和贫穷的黑人。

我问赫伯特和安东尼：你们的意识，你们的心态，是接近白人，还是接近贫穷的黑人？他们都说：接近白人。

因此，赫伯特说，贫穷的黑人也不承认我们。他们说：你们和我们不一样。

赫伯特说：他们希望我们替他们讲话，但是——我们不能。鞋子掉了，只能由自己提（他做一个提鞋的动作）。只能由他们当中产生领袖，出来说话。我们，只能写他们。

在我起身告辞的时候，赫伯特问我：我们没有历史，你说我们应该怎么办？

我说，既然没有历史，那就：从我开始！

赫伯特说：很对！

没有历史，是悲哀的。

一个人有祖国，有自己的民族，有文化传统，不觉得这有什么。一旦没有这些，你才会觉得这有多么重要，多么珍贵。

我在美国，听说有一个留学生说："我宁愿在美国做狗，不愿意做中国人。"岂有此理！

八　仙

　　八仙是反映中国市民的俗世思想的一组很没有道理的仙家。

　　这八位是一个杂凑起来的班子。他们不是一个时代的人。张果老是唐玄宗时的，吕洞宾据说是残唐五代时人，曹国舅只能算是宋朝人。他们也不是一个地方的。张果老隐于中条山，吕洞宾好像是山西人，何仙姑则是出荔枝的广东增城人。他们之中有几位有师承关系，但也很乱。到底是汉钟离度了吕洞宾呢，还是吕洞宾度了汉钟离？是李铁拐度了别人，还是别人度了李铁拐？搞不清楚。他们的事迹也没有多少关联。他们大都是单独行动，组织纪律性是很差的。这八位是怎么弄到一起去的呢？最初可能是出于俗工的图画。王世贞《题八仙像后》云：

　　　　八仙者，钟离、李、吕、张、蓝、韩、曹、何也。不知其会所由始，亦不知其画所由始，余所睹仙迹及图史亦详矣，凡元以前无一笔，而我明如冷起敬、吴伟、杜堇稍有名者亦未尝及之。意或庸妄画工合委巷丛俚之谈，以是八公者，老则张，少则蓝、韩，将则钟离，书生则吕，贵则曹，病则李，妇女则何，为各据一端以作滑稽观耶！

这猜想是有道理的。把他们画在一起，只是为了互相搭配，好玩。

中国人为什么对八仙有那样大的兴趣呢？无非是羡慕他们的生活。

八仙后来被全真教和王重阳教拉进教里成了祖师爷，但他们的言行与道教的教义其实没有多大关系。他们突出的事迹是"度人"。他们度人并无深文大义，不像佛教讲精修，更没有禅宗的顿悟，只是说了些俗得不能再俗的话：看破富贵荣华，不争酒色财气……简单说来，就是抛弃一些难于满足的欲望。另外一方面，他们又都放诞不羁，随随便便。他们不像早先的道家吸什么赤黄气，饵丹砂。他们多数并非不食人间烟火，有什么吃什么。有一位叫陈莹中的作过一首长短句赠刘跛子（即李铁拐），有句云："年华，留不住，饥餐困寝，触处为家。这一轮明月，本自无瑕。随分冬裘夏葛，都不会赤火黄芽。谁知我，春风一拐，谈笑有丹砂。"总之是在克制欲望与满足可能的欲望之间，保持平衡，求得一点心理的稳定。达到这种稳定，就是所谓"自在"。"自在神仙"，此之谓也。这是一种很便宜的，不费劲的庸俗的生活理想。

八仙又和庆寿有关。周宪王《瑶池会八仙庆寿》吕洞宾唱：

　　　汉钟离遥献紫琼钩，张果老高擎千岁韭，蓝采和漫舞长衫袖，捧寿面是曹国舅。岳孔目这铁拐护得千秋，献牡丹的是韩湘子，进灵丹的是徐信守，贫道啊，满捧着玉液金瓯。

八仙都来向老太爷或老太太庆寿，岂不美哉。既能自在逍遥，又且长寿不死，中国的市民要求的还有什么呢？

很多中国人家的正堂屋的香案上，常常在当中供着福禄寿三星瓷像，两旁是八仙。你是不是觉得很俗气？

八仙在中国的民族心理上，是一个消极的因素。

一九八六年十二月四日

建文帝的下落

　　我对建文帝有一点感情，是因为学唱过《惨睹》。《惨睹》是传奇《千忠戮》的一折。《千忠戮》作者无考，大约是明末清初人。这部传奇写的是燕王朱棣攻破南京后，建文帝与大臣陈济化装为僧道，流亡湖广、云南，备受迫害的故事。《惨睹》的唱词写得很特别，一折中用了八个"阳"字，唱昆曲的人故又别称之为"八阳"。"八阳"的曲子十分慷慨悲壮。头一句"收拾起大地山河一担装，四大皆空相"，破空而来，如果是有好嗓子的冠生，唱起来真是声如裂帛。这是昆曲里的名曲，一度十分流行。"家家'收拾起'，户户'不提防'"，可想见其盛况——"不提防"是《长生殿·弹词》的开头："不提防余年值乱离。"我随中国作协作家赴云南访问团到云南，离昆明后第一站是武定狮子山。听说狮子山的正续禅寺，建文帝曾在那里住过，我于是很有兴趣。

　　狮子山郁郁葱葱，多奇树珍禽，流泉曲径，但山势并不很雄伟险峻。有人称它是"西南第一山"，未免夸大。

正续禅寺也算不得是一座大寺庙。如果把中国的寺庙划分等级，至多只能列入三等。但是附近几县来烧香的人很多，因为这里曾经住过一位皇帝。寺不在大，有帝则名。来烧香的善男信女当中，有人未必知道这位皇帝是建文帝，更不知道建文帝是怎样的一个皇帝，反正只要是皇帝就好。中国的农民始终对皇帝保持着崇敬。何况这位皇帝又当了和尚，或者这位和尚曾经是皇帝，这就在他们的崇敬心理上更增加了一个层次。

建文帝的下落是一个谜。《明史》只说"城破，宫中火起，帝不知所终"。"不知所终"，留下一个疑案。他当时没有死，流亡出去，是有可能的。但是是不是经湖广，到云南，并无确证。至于是不是往来滇西一带，又常常在正续禅寺歇足，就更难说了。但是清代有些在云南做过地方官的文人是愿意把这件事坐实了的。正续禅寺的大雄宝殿楹柱上有一副对联：

> 叔误景隆军，一片婆心原是佛；
> 祖兴皇觉寺，再传天子复为僧。

这说得还比较含混。寺后有惠帝祠，阁前有一副对联，就更加言之凿凿了：

僧为帝，帝亦为僧，数十载衣钵相传，正
觉依然皇觉旧；

叔负侄，侄不负叔，八千里芒鞋徒步，狮
山更比燕山高。

大雄宝殿后面还有一座殿，据说布局不似佛殿，而像
皇家的朝廷，有丹陛、品级台。莫非建文帝当了和尚还
要坐朝？后殿和惠帝祠都正在修缮，我们没有能进去着。
看了惠帝塑像的照片，仍作皇帝的打扮，龙袍，戴着没
有翅子的纱帽，端坐着，眼睛细长，胖乎乎的，腮帮子
有点下坠。

大雄宝殿东侧有一小院，院中有亭，亭外有联。上联
是写景的，没有记住，下联是"小亭曾是帝王居"。据说
建文帝生前就住在这亭子里。我们坐在帝王居里的矮凳
上喝了一杯茶。亭前花木甚多，木香花花大如小儿拳。

寺里的负责人请大家写字，在所难免。用隶书写了一
副对联：

皇权僧钵千年梦；
大地山河一担装。

还请写一个横批，用行书写了四个大字：

是耶非耶

　　武定出壮鸡。我原来以为壮鸡就是一肥壮的鸡。不是的。所谓"壮鸡"，是把母鸡骟了，长大了，样子就有点像公鸡，味道特别鲜嫩。只有武定人会动这种手术。我只知道公鸡可骟，不知母鸡亦可骟也！

　　　　　　　　　　　　一九八七年四月三十日

杨慎在保山

我到保山，有一个愿望：打听杨升庵的踪迹。我请市文联的同志给我找几本地方志。感谢他们，找到了。

我对升庵并没有多少了解。五十年代在北京看过一出川戏《文武打》。这是一出格调古淡的很奇怪的戏，写的是一个迂阔的书生，路上碰到一个酒醉的莽汉，醉汉打了书生几砣，后来又认了错，让书生打他，书生怕打重了，乃以草棍轻击了醉汉几下。这出戏说不上有什么情节。事隔三十多年，我连那点几乎没有的情节也淡忘了。但这两个人物的扮相却分明记得：莽汉穿白布短衫，脖领里斜插了一只红布的灯笼；书生穿青褶子，脸上涂得雪白，浓墨描眉，眼角下弯，两片殷红的嘴唇，像戴了一个面具。这出戏以丑行应工，但完全没有后来丑角的科诨，演得十分古朴。有人告诉我，这出戏是杨升庵写的。我想这是可能的。我还想，很有可能杨升庵当时这出戏就是这样演的，这可以让我们窥见明杂剧的一种演法，这是一件活文物。

我曾经搞过几年民间文学，读了升庵辑录的古今谣谚。因此，对升庵颇有好感。

七十年代，我到过四川新都，这是杨升庵的老家。新都有个桂湖，环湖都植桂花。湖畔有升庵祠。桂湖不大，逛一圈毫不吃力。看了一点关于升庵的材料，想了四句诗：

> 桂湖老桂弄新姿，
> 湖上升庵旧有祠。
> 一种风流谁得似，
> 状元词曲罪臣诗。

升庵名慎，字用修，升庵乃其别号。他年轻时即负才名。正德间试进士第一，其时他大概是十八九岁，可谓少年得志。到明世宗时以"议大礼"得罪，谪戍永昌，这时他大概三十四岁左右。他死于一五五九年，七十一岁，一直流放在永昌，未能归蜀。永昌府在明代管属地区甚广，一直延及西双版纳，但是府治在今保山。杨升庵也以住保山的时候为多。算起来，他在保山待了大概有三十七年左右。可谓久矣。

杨慎在保山是如何度过这三十七年的呢？

曾在一本书里看到，他醉则乘篮舆过市，插花满头。陈老莲曾画升庵醉后图，正是插花满头。但未乘舆。《康熙通志》曰：

> 杨慎戍永昌，遍游诸郡，所至携倡伶以随。曼首欲求其诗不可得，乃以白绫作祾，遣服之。酒后乞诗，杨欣然命笔，醉墨淋漓，挥满裙袖，重价购归。杨知之更以为快。

"祾"字未经见，《辞海》也不收，我怀疑这是倡伶的水袖。

这样看起来，升庵在保山是仍然保持诗人气质，放诞不羁的。"所至携倡伶以随"，生活也相当优裕，不像是下放劳动，靠挣工分吃饭。但是他的内心是痛苦的。放诞，正是痛苦的一种表现。他在保山，多亏了他的世叔保山张志淳和忘年诗友张志淳的儿子张含的照顾。张含《丙寅除夕简杨用修》诗曰："征途易老百年身，底事光阴改换频。子美生涯浑烂醉，叔伦寥落又逢春。诗魂寥落不可捉，乡梦渺茫何足真。独把一杯饯残岁，尽情灯火伴愁人。"丙寅是一五六六年，其时升庵已经死了七年了，"寅"字可能是个错字，或当作"丙辰"。丙辰是一五五六年，距升庵谪戍已经有多年了，这些年他只能于烂醉中度过。

增加杨升庵生活的悲剧性，是他和夫人黄娥的长期离别。黄娥也是才女，能诗。

《永昌府志》曰：

> 杨用修久戍滇中，妇黄氏寄一律曰："雁飞曾不到衡湘，锦字何由寄永昌。三春花柳妾薄命，六诏风烟君断肠。曰归曰归愁岁暮，其雨其雨怨朝阳。相怜空有刀环约，何日金鸡下夜郎？"

这首诗我在升庵祠的壁上曾见过石刻的原迹。我很怀疑这只是黄夫人独自的思念，没有寄到升庵手里，"锦字何由寄永昌"，只是欲寄而不达，说得很清楚。一个女诗人，盼丈夫回来，盼了三十多年，想一想，能不令人泪下？

"何日金鸡下夜郎？"杨慎本来可以赦回四川了，但是，《康熙通志》曰：

> 杨慎归蜀，年已七十余，而滇士有谮之抚臣王昺者。昺，俗戾人也，使四指挥以银铛锁来滇。慎不得已，至滇，则昺以墨败；然慎不能归，病寓禅寺以殁。

乍一看这一条材料，我颇觉新奇，"以银铛锁来滇"，用银链子把杨升庵锁回云南，那是很好看的。后来一想，这"银"字是个刻错了的字，原字当是"锒"。"锒铛"是铁链。杨升庵还是被用铁链锁回来的。王昺是个"俗戾人"，不会干出用银链锁人这样的韵事。这位王昺不过是地区和省一级之间的干部，竟能随便把一位诗人用铁链锁回来，令人发指！王昺因贪污而垮台（"以墨败"），然而杨慎却以七十余岁的高龄病死在寺庙里了。

杨慎到底犯了什么罪？"议大礼"。"议大礼"是怎么回事？我没有弄清楚。也不大容易弄清楚，因为《升庵集》大概不会收这篇文章。但是想起来不外是于当时的某种制度发表了一通议论，杨升庵犯的是言论自由罪。

一九八七年五月一日

银　铛

　　两个月前，我从云南回来，写了一篇《杨慎在保山》，引《康熙通志》：

　　　　杨慎归蜀，年已七十余，而滇士有谮之抚臣王昺者。昺，俗戾人也，使四指挥以银铛锁来滇。慎不得已。至滇，则昺以墨败；然慎不能归，病寓禅寺以殁。

　　乍一看，觉得很新鲜。用银链子把一个曾经中过状元的绝代才子锁回来，可能是一种特殊待遇。如果允许他穿了大红官衣，戴甩发，那"扮相"是很美的。后来一想，王昺是"俗戾人"，干不出这样的韵事。我于是断定："银铛"的"银"，是个误刻的错字。"银"当作"锒"。那么，杨升庵还是被用铁链子锁回云南的。七十多岁的老人，铁索锒铛，一步一步，艰难地在崎岖的山路走着，惨！

近阅《升庵诗话》"银铛"条云：

> 《后汉书》："崔烈以银铛锁。"银铛，大锁
> 也。今多讹作金银之银，至有"银锁三公脚，
> 刀撞仆射头"之句（按，此不知何人诗）。其
> 传讹习舛如此。

读后哑然。想不到升庵这一条小考证，后来竟应在自
己的身上。他大概没有想到自己竟至被人"以银铛锁来
滇"；更没有想到志书上把"银铛"误为"银铛"。造化
如小儿，真能恶作剧！

我到保山，曾希望找到一点升庵的遗迹，但知道这种
可能性不大。王昶《滇行日录》曰：

> 访杨升庵谪居故址，为今甲仗库。入视之，
> 有楼三楹，坏不可憩矣。楼下有人书三春柳律
> 句，庭前有桃数株。

王昶是乾隆时人，距升庵也不过二百五十年左右，其
时已荒败如此，今天升庵遗迹荡然，是不足怪的。所堪
庆幸的是，保山保存关于杨升庵的文字资料还不少，保
山人对升庵是很有感情的。

遗址不能寻觅，是不是可以择一好风景的地方给升庵盖一个小小的纪念馆？再小一点，叫作纪念室也可以。保山尽多佳山水，难道不能容升庵一席之地么？

升庵著作甚多，据云有七十种。这些著作大都雕印过。是不是可以搜集到两个全份，一份存新都升庵祠，一份存保山？

对于王昺，我觉得也可以整出一份材料，并且也可以给他辟一个纪念馆。馆内陈列，一概依从王昺的观点，不置可否。一个人迫害知识分子，总有他的道理。

一九八七年七月十一日

栈

　　昔在张家口坝上，听人说北京东来顺涮羊肉用的羊都是从坝上赶下去的（不是用车运去的），赶到了，还要 zhan 几天，才杀，所以特别好。我不知这 zhan 字怎么写，以为是"站"，而且望文生义，以为是让羊站着不动，喂几天。可笑也。后读《清异录》"玉尖面"条：

　　　　赵宗儒在翰林时，闻中使言："今日早馔玉尖面，用消熊、栈鹿为内馅，上甚嗜之。"问其形制，盖人间出尖馒头也。又问消熊之说，曰："熊之极肥者曰消，鹿以倍料精养者曰栈。"

　　这才恍然大悟：此字当写作"栈"，是精饲料喂养的意思。《清异录》"丑未臛"条云：

　　　　"予开运中赐丑未臛，法用鸡酥、栈羊筒

子髓置醇酒中，暖消而后饮。"注云："栈羊，
圈内饲养的肥羊。"

这也有道理。"栈"本是养牲口的木棚或栅栏。《庄
子·马蹄》："编之以皂栈"，陆德明释文引崔撰云："皂，
马闲也；栈，木棚也。"这个字更全面的解释应是：用精
饲料圈养（即不是牧养）。《水浒传》里有这个字。明容
与堂刻本《水浒传》第二十五回：

> ……郓哥见了，立住了脚，看着武大道：
> "这几时不见你，怎么吃得肥了？"武大歇
> 下担儿道："我只是这般模样，有什么吃得肥
> 处！"郓哥道："我前日要籴些麦稃，一地里没
> 籴处，人都道你屋里有。"武大道："我屋里又
> 不养鹅鸭，哪里有这麦稃！"郓哥道："你没麦
> 稃，你怎地栈得肥滕滕地，便颠倒提起你来也
> 不妨，煮你在锅里也没气！"武大道："含鸟猢
> 狲，倒骂得我好！我的老婆又不偷汉子，我如
> 何是鸭？"……

这个字先秦时就用，元明小说中还有，现代口语中也
还活着，其生命可谓长矣。年轻人大概不知道了。即是东

来顺的中年以下的师傅也未必知其所以然，但老师傅或者还有晓得的。听说有人要写关于东来顺的小说，那么我向您提供这个字，您也许用得着。——您的小说写成了，哪天在东来顺三楼请客的时候，可别忘了我！

有些字，要用，不知道怎么写，最好查一查，不要以为这个字大概是"有音无字"，随便用一个字代替。其实这是有本字的。我写小说《王全》，有一小段：

这地方管缺个心眼叫"偢"，读作"俏"。
王全行六，据说有点缺个心眼，故名"偢六"。

这个"偢"字我不知怎么写，写信问了语言学家李荣，李荣告诉了我，并告诉我字的出处，有一本书里有"傻偢不仁"的句子（李荣的复信已失去，出处我忘了）。不错！京剧《李逵负荆》里有一句念白："众家哥弟一个个佯偢而不睬。""佯偢"是装傻的意思。不过我听几个演员和票友都念成了"佯秋"！

作家和演员都要识字。

一九八六年十二月五日

鳜　鱼

　　读《徐文长佚草》，有一首《双鱼》：

　　　　如纚鳜鱼如鲋栉，鬐张腮呷跳纵横。
　　　　遗民携立岐阳上，要就官船脍具烹。

　　　　青藤道士画并题。鳜鱼不能屈曲，如僵蹶
　　　也。纚音计，即今花毯，其鳞纹似之，故曰鳜鱼。
　　　鲋鱼群附而行，故称鲋鱼。旧传败栉所化，或
　　　因其形似耳。

　　这是一首题画诗。使我发生兴趣的是诗后的附注。鳜
鱼为什么叫作鳜鱼呢？是因为它"不能屈曲，如僵蹶也"。
此说似有理。鳜鱼是不能屈曲的，因为它的脊骨很硬。但
又觉得有些勉强，有点像王安石的《字说》。这种解释我
没有听说过，很可能是徐文长自己琢磨出来的。但说它为

什么又叫鬻鱼，是有道理的。附注里的"即今花毯"，"毯"字肯定是刻错了或排错了的字，当作"毯"。"鬻"是杂色的毛织品，是一种衣料。《汉书·高帝纪下》："贾人毋得衣锦绣、绮縠、絺纻、鬻。"这种毛料子大概到徐文长的时候已经没有了，所以他要注明"即今花毯"。其实鬻有花，却不是毯子。用毯子做衣服，未免太厚重。用当时可见的花毯来比鬻，原也是没有办法的办法。而且鬻或缬，这个字十六世纪认得的人就不多了，所以徐文长注曰"音计"。鳜鱼有些地方叫作"鳟花鱼"，如松花江畔的哈尔滨和我的家乡高邮。北京人则反过来读成"花鳟"。叫作"鳟花"是没有讲的。正字应写成"鬻花"。鳜鱼身上有杂色斑点，大概古代的鬻就是那样。不过如果有哪家饭馆里的菜单上写出"清蒸鬻花鱼"，绝大部分顾客一定会不知道这是什么东西。即使写成"鳜鱼"，有人怕也不认识，很可能念成"厥鱼"（今音）。我小时候有一位老师教我们张志和的《渔父》，"西塞山前白鹭飞，桃花流水鳜鱼肥"，就把"鳜鱼"读成"厥鱼"。因此，现在很多饭馆都写成"桂鱼"。其实这是都可以的吧，写成"鳟花鱼"、"桂鱼"，都无所谓，只要是那个东西。不过知道"鬻花鱼"的由来，也不失为一件有趣的事。

　　鳜鱼是非常好吃的。鱼里头，最好吃的，我以为是鳜鱼。刀鱼刺多，鲥鱼一年里只有那么几天可以捕到。堪与鳜鱼匹敌的，大概只有南方的石斑，尤其是青斑，即"灰鼠石斑"。鳜鱼刺少，肉厚。蒜瓣肉。肉细，嫩，鲜。清蒸、干烧、糖醋、做松鼠鱼，皆妙。氽汤，汤白如牛乳，浓而不腻，远胜鸡汤鸭汤。我在淮安曾多次吃过"干炸鲙花鱼"。二尺多长的活治整鳜鱼入大锅滚油干炸，蘸椒盐，吃了令人咋舌。至今思之，只能如张岱所说："酒足饭饱，惭愧惭愧！"

鳜鱼的缺点是不能放养，因为它是吃鱼的。"大鱼吃小鱼"，其实吃鱼的鱼并不多，据我所知，吃鱼的鱼，只有几种：鳜鱼、鮰鱼、黑鱼（鲨鱼、鲸鱼不算）。鮰鱼本名鮠。《本草纲目·鳞部四》："北人呼鳠，南人呼鮠，并与鮠音相近，迩来通称鮰鱼，而鳠、鮠之名不彰矣。"黑鱼本名乌鳢。现在还有这么叫的。林斤澜《矮凳桥风情》里写了乌鳢，有人看了以为这是一种带神秘色彩的古怪东西，其实即黑鱼而已。

凡吃鱼的鱼，生命力都极顽强。我小时曾在河边看人治黑鱼，内脏都掏空了，此黑鱼仍能跃入水中游去。我在小学时垂钓，曾钓着一条大黑鱼，心里喜欢得怦怦跳，不料大黑鱼把我的钓线挣断，嘴边挂着鱼钩和挺长的一截线游走了！

一九八七年七月八日

太监念京白

京剧里的太监都念京白（一般生、旦都念"韵白"，架子花偶尔念几句京白——行话叫"改口"，花旦多念京白，但也有念韵白的），《法门寺》的刘瑾的"自报家门"是其代表。特别是经金少山那么一念："咱家，姓刘名瑾，字表春华，乃是陕西延安府的人氏。自幼儿七岁净身，九岁进宫，一十三岁，伺候老王，老王驾崩，扶保正德皇帝登基。我与万岁，明是君臣，暗同手足的一般……"吐字归音，铿锵顿挫，让人相信，太监就是那样说话的。

大概从明朝起（更准确地说，从永乐年间起），太监就说一种特殊韵味的京白，不论在宫里、宫外，在京、出京。

《陶庵梦忆·龙山放灯》：

万历辛丑年，父叔辈张灯龙山……庙门悬
禁条，禁车马，禁烟火，禁喧哗，禁豪家奴不得行辟人。……十六夜，张分守宴织造太监于山巅星宿阁，傍晚至山下，见禁条，太监忙出舆笑曰："遵他！遵他！自咱们遵他起。"

张岱文每喜用口语写人物对话。这一篇写织造太监的说话如闻其声，是口语，而且是地道的京白。

明朝的太监横行天下，他们有一个特点是到哪里都说京白。王世贞《弇山堂别集·中官考》载：

西厂太监谷大用遣逻卒四出刺访。江西南庭县民吴登显等三家于端午竞渡，以擅造龙舟捕之，籍其家。自是偏州下邑，见有华衣怒马作京师语音，辄相惊告，官司密赂之。冀免其祸。

这些"逻卒"都是锦衣卫的太监。

刘瑾说的是什么话呢？他是陕西兴平人（《法门寺》他自称是"陕西延安府的人氏"，差不多），本姓谈，按说该有点陕西口音，但他"幼自宫投中官刘姓者得进，因冒其姓"（《弇山堂别集》），他从小就进了宫，在太监堆里混大，一定已经说得一口太监味儿的京白了。他犯罪被捕，由驸马蔡震审问，他还仰起头来说："若何人？忘我德！"这显然是由记录者把他的话译成文言了。他被捕时，"时夜旦半，瑾宿于内直房，闻喧声，曰：'谁也？'应曰：'有旨。'瑾遂披青蟒衣以出……"（《弇山堂别集》）这一声"谁也？"还很像是京白。

明清两代太监说京白，是没有问题的。到了民国后，还有《茶馆》里的庞太监，说了那样一口阴阳怪气，听了叫人起鸡皮疙瘩的醋溜京白。

至于明以前的太监，如宋朝的童贯，说的是什么话，就不知道了。《白逼宫》里的穆顺也说京白，不知道有什么根据。

四方食事

口　味

　　"口之于味，有同嗜焉。"好吃的东西大家都爱吃。宴会上有烹大虾（得是极新鲜的），大都剩不下。但是也不尽然。羊肉是很好吃的。"羊大为美"。中国吃羊肉的历史大概和这个民族的历史同样久远。中国羊肉的吃法很多，不能列举。我以为最好吃的是手把羊肉。维吾尔、哈萨克都有手把肉，但似以内蒙为最好。内蒙很多盟旗都说他们那里的羊肉不膻，因为羊吃了草原上的野葱，生前已经自己把膻味解了。我以为不膻固好，膻亦无妨。我曾在达茂旗吃过"羊贝子"，即白煮全羊。整只羊放在锅里只煮四十五分钟（为了照顾远来的汉人客人，多煮了十五分钟，他们自己吃，只煮半小时），各人用刀割取自己中意的部位，蘸一点作料（原来只备一碗盐水，近年有了较多的作料）吃。羊肉带生，一刀切下去，会汪出一点血，但是鲜嫩无比。内蒙人说，羊肉越煮越老，半熟的，才易消化，也能多吃。我几次到内蒙，吃羊肉吃得非常过瘾。同行有一位女同志，不但不吃，连闻都不能闻。一走进食堂，闻到羊肉气味就想吐。她只好每顿用开水泡饭，吃咸菜，真是苦煞。全国不吃羊肉的人，不在少数。

"鱼羊为鲜"，有一位老同志是获鹿县人，是回民，他倒是吃羊肉的，但是一生不解何所谓鲜。他的爱人是南京人，动辄说："这个菜很鲜"，他说，"什么叫'鲜'？我只知道什么东西吃着'香'。"要解释什么是"鲜"，是困难的。我的家乡以为最能代表鲜味的是虾子。虾子冬笋、虾子豆腐羹，都很鲜。虾子放得太多，就会"鲜得连眉毛都掉了"的。我有个小孙女，很爱吃我配料煮的龙须挂面。有一次我放了虾子，她尝了一口，说"有股什么味！"不吃。

中国不少省份的人都爱吃辣椒。云、贵、川、黔、湘、赣。延边朝鲜族也极能吃辣。人说吃辣椒爱上火。井冈山人说："辣子冇补（没有营养），两头受苦。"我认识一个演员，他一天不吃辣椒，就会便秘！我认识一个干部，他每天在机关吃午饭，什么菜也不吃，只带了一小饭盒油炸辣椒来，吃辣椒下饭，顿顿如此。此人真是个吃辣椒专家，全国各地的辣椒，都设法弄了来吃。据他的品评，认为土家族的最好。有一次他带了一饭盒来，让我尝尝，真是又辣又香。然而有人是不吃辣的。我曾随剧团到重庆体验生活。四川无菜不辣，有人实在受不了。有一个演员带了几个年轻的女演员去吃汤圆，一个唱老旦的演员进门就嚷嚷："不要辣椒！"卖汤圆的白了她一眼："汤圆没有放辣椒的！"

北方人爱吃生葱生蒜。山东人特爱吃葱，吃煎饼、锅盔，没有葱是不行的。有一个笑话：婆媳吵嘴，儿媳妇跳了井。儿子回来，婆婆说："可了不得啦，你媳妇跳井啦！"儿子说："不咋！"拿了一根葱在井口逛了一下，媳妇就上来了。山东大葱的确很好吃，葱白长至半尺，是甜的。江浙人不吃生葱蒜，做鱼肉时放葱，谓之"香葱"，实即北方的小葱，几根小葱，挽成一个疙瘩，叫作"葱结"。他们把大葱叫作"胡葱"，即做菜时也不大用。有一个著名女演员，不吃葱，她和大家一同去体验生活，菜都得给她单做。"文化大革命"斗她的时候，这成了一条罪状。北方人吃炸酱面，必须有几瓣蒜。在长影拍片时，有一天我起晚了，早饭已经开过，我到厨房里和几位炊事员一块吃。那天吃的是炸油饼，他们吃油饼就蒜。我说："吃油饼哪有就蒜的！"一个河南籍的炊事员说："嘿！你试试！"果然，"另一个味儿"。我前几年回家乡，接连吃了几天鸡鸭鱼虾，吃腻了，我跟家里人说："给我下一碗阳春面，弄一碟葱，两头蒜来。"家里人看我生吃葱蒜，大为惊骇。

有些东西，本来不吃，吃吃也就习惯了。我曾经夸口，说我什么都吃，为此挨了两次捉弄。一次在家乡。我原来不吃芫荽（香菜），以为有臭虫味。一次，我家所开的中药铺请我去吃面，——那天是药王生日，铺中管事弄了一大碗凉拌芫荽，说："你不是什么都吃吗？"我一咬牙，吃了。从此我就吃芫荽了。后来北地，每吃涮羊肉，调料里总要撒上大量芫荽。一次在昆明。苦瓜，我原来也是不吃的，——没有吃过。我们家乡有苦瓜，叫作癞葡萄，是放在瓷盘里看着玩，不吃的。有一位诗人请我下小馆子，他要了三个菜：凉拌苦瓜、炒苦瓜、苦瓜汤。他说："你不是什么都吃吗？"从此，我就吃苦瓜了。北京人原来是不吃苦瓜的，近年也学会吃了。不过他们用凉水连"拔"三次，基本上不苦了，哪还有什么意思！

有些东西，自己尽可不吃，但不要反对旁人吃。不要以为自己不吃的东西，谁吃，就是岂有此理。比如广东人吃蛇，吃龙虱；傣族人爱吃苦肠，即牛肠里没有完全消化的粪汁，蘸肉吃。这在广东人、傣族人，是没有什么奇怪的。他们爱吃，你管得着吗？不过有些东西，我也以为以不吃为宜，比如炒肉芽——腐肉所生之蛆。

总之，一个人的口味要宽一点、杂一点，"南甜北咸东辣西酸"，都去尝尝。对食物如此，对文化也应该这样。

切　脍

《论语·乡党》："食不厌精，脍不厌细"，中国的切脍不知始于何时。孔子以"食"、"脍"对举，可见当时是相当普遍的。北魏贾思勰《齐民要术》提到切脍。唐人特重切脍，杜甫诗累见。宋代切脍之风亦盛。《东京梦华录·三月一日开金鱼池琼林苑》："多垂钓之士，必于池苑所买牌子，方许捕鱼。游人得鱼，倍其价买之。临水斫脍，以荐芳樽，乃一时佳味也。"元代，关汉卿曾写过"望江楼中秋切脍"。明代切脍，也还是有的，但《金瓶梅》中未提及，很奇怪。《红楼梦》也没有提到。到了近代，很多人对切脍是怎么回事，都茫然了。

脍是什么？杜诗邵注："鲙，即今之鱼生、肉生。"更多指鱼生，脍的繁体字是"鲙"，可知。

杜甫《阌乡姜七少府设脍戏赠长歌》对切脍有较详细的描写。脍要切得极细，"脍不厌细"，杜诗亦云："无声细下飞碎雪。"脍是切片还是切丝呢？段成式《酉阳杂俎·物革》云："进士段硕常识南孝廉者，善斫脍，縠薄丝缕，轻可吹起。"看起来是片和丝都有的。切脍的鱼不能洗。杜诗云："落砧何曾白纸湿"，邵注："凡作鲙，以灰去血水，用纸以隔之"，大概是隔着一层纸用灰吸去鱼的血水。《齐民要术》："切鲙不得洗，洗则鲙湿。"加什么佐料？一般是加葱的，杜诗："有骨已剁觜春葱。"《内则》："鲙，春用葱，夏用芥。"葱是葱花，不会是葱段。至于下不下盐或酱油，乃至酒、酢，则无从臆测，想来总得有点咸味，不会是淡吃。

切脍今无实物可验。杭州楼外楼解放前有名菜醋鱼带靶。所谓"带靶"，即将活草鱼的脊背上的肉剔下，切成极薄的片，浇好酱油，生吃。我以为这很近乎切脍。我在一九四七年春天曾吃过，极鲜美。这道菜听说现在已经没有了，不知是因为有碍卫生，还是厨师无此手艺了。

日本鱼生我未吃过。北京西四牌楼的朝鲜冷面馆卖过鱼生、肉生。鱼生乃切成一寸见方、厚约二分的鱼片，蘸极辣的作料吃。这与"縠薄丝缕"的切脍似不是一回事。

与切脍有关联的，是"生吃螃蟹活吃虾"。生螃蟹我未吃过，想来一定非常好吃。活虾我可吃得多了。前几年回乡，家乡人知道我爱吃"呛虾"，于是餐餐有呛虾。我们家乡的呛虾是用酒把白虾（青虾不宜生吃）"醉"死了的。解放前杭州楼外楼呛虾，是酒醉而不待其死，活虾盛于大盘中，上覆大碗，上桌揭碗，虾蹦得满桌，客人捉而食之。用广东话说，这才真是"生猛"。听说楼外楼现在也不卖呛虾了，惜哉！

下生蟹活虾一等的，是将虾蟹之属稍加腌制。宁波的梭子蟹是用盐腌过的，醉蟹、醉泥螺、醉蚶子、醉蛏鼻，都是用高粱酒"醉"过的。但这些都还是生的。因此，都很好吃。

我以为醉蟹是天下第一美味。家乡人贻我醉蟹一小坛。有天津客人来，特地为他剁了几只。他吃了一小块，问："是生的？"就不敢再吃。

"生的"，为什么就不敢吃呢？法国人、俄罗斯人，吃牡蛎，都是生吃。我在纽约南海岸吃过鲜蚌，那绝对是生的，刚打上来的，而且什么作料都不搁，经我要求，服务员才给了一点胡椒粉。好吃么？好吃极了！

为什么"切脍"、生鱼活虾好吃？曰：存其本味。

我以为切脍之风，可以恢复。如果觉得这不卫生，可以仿照纽约南海岸的办法：用"远红外"或什么东西处理一下，这样既不失本味，又无致病之虞。如果这样还觉得"硌应"，吞不下，吞下要反出来，那完全是观念上的问题。当然，我也不主张普遍推广，可以满足少数老饕的欲望，"内部发行"。

河　豚

阅报，江阴有人食河豚中毒，经解救，幸得不死。杨花扑面，节近清明，这使我想起，正是吃河豚的时候了。苏东坡诗：

竹外桃花三两枝，

春江水暖鸭先知。

蒌蒿满地芦芽短，

正是河豚欲上时。

梅圣俞诗：

河豚当此时，

贵不数鱼虾。

宋朝人是很爱吃河豚的，没有真河豚，就用了不知什么东西做出河豚的样子和味道，谓之"假河豚"，聊以过瘾，《东京梦华录》等书都有记载。

江阴当长江入海处不远，产河豚最多，也最好。每年春天，鱼市上有很多河豚卖。河豚的脾气很大，用小木棍捅捅它，它就把肚子鼓起来，再捅，再鼓，终至成了一个圆球。江阴河豚品种极多。我所就读的南菁中学的生物实验室里搜集了各种河豚，浸在装了福尔马林的玻璃器内。有的很大，有的小如金钱龟。颜色也各异，有带青绿色的，有白的，还有紫红的。这样齐全的河豚标本，大概只有江阴的中学才能搜集得到。

河豚有剧毒。我在读高中一年级时，江阴乡下出了一件命案，"谋杀亲夫"。"奸夫"、"淫妇"在游街示众后，同时枪决。毒死亲夫的东西，即是一条煮熟的河豚。因为是"花案"，那天街的两旁有很多人鹄立伫观。但是实在没有什么好看，奸夫淫妇都蠢而且丑，奸夫还是个黑脸的麻子。这样的命案，也只能出在江阴。

但是河豚很好吃，江南谚云："拼死吃河豚"，豁出命去，也要吃，可见其味美。据说整治得法，是不会中毒的。我的几个同学都曾约定请我上家里吃一次河豚，说是"保证不会出问题"。江阴正街上有一家饭馆，是卖河豚的。这家饭馆有一块祖传的木板，刷印保单，内容是如果在他家铺里吃河豚中毒致死，主人可以偿命。

河豚之毒在肝脏、生殖腺和血，这些可以小心地去掉。这种办法有例可援，即"洁本金瓶梅"是。

我在江阴读书两年，竟未吃过河豚，至今引为憾事。

野　菜

春天了，是挖野菜的时候了。踏青挑菜，是很好的风俗。人在屋里闷了一冬天，尤其是妇女，到野地里活动活动，呼吸一点新鲜空气，看看新鲜的绿色，身心一快。

南方的野菜，有枸杞、荠菜、马兰头……北方野菜则主要的是苣荬菜。枸杞、荠菜、马兰头用开水焯过，加酱油、醋、香油凉拌。苣荬菜则是洗净，去根，蘸甜面酱生吃。或曰吃野菜可以"清火"，有一定道理。野菜多半带一点苦味，凡苦味菜，皆可清火。但是更重要的是吃个新鲜。有诗人说："这是吃春天"，这话说得有点做作，但也还说得过去。

　　敦煌变文、《云谣集杂曲子》、打枣杆、挂枝儿、吴歌，乃至《白雪遗音》等等，是野菜。因为它新鲜。

一九八九年四月十八日

词典的方言与官话

我的家乡，宋代出了个大词人秦观，明代出了个散曲大家王磐。我读他们的作品，有一点外乡人不大会有的兴趣，想看看他们的作品里有没有高邮话。结果是，秦少游的词里有，王西楼的散曲里没有。

夏敬观《手批山谷词》谓："以市井语入词，始于柳耆卿，少游、山谷各有数篇。"今检《淮海居士长短句》，"以市井语入词"者似只三首。一首《满园花》，两首《品令》。《满园花》不知用的是什么地方的俚语，《品令》则大体上可以断定用的是高邮话。《品令》二首录如下：

一、幸自得。一分索强，教人难吃。好好地，恶了十来日。恰而今、较些不？　　须管啜持教笑，又也何须肐织！衠倚赖，脸儿得人惜。放软顽，道不得！

二、掉又瞿。天然个品格，于中压一。帘

儿下，时把鞋儿踢。语低低、笑咭咭。　　每
每秦楼相见，见了无门怜惜。人前强，不欲相
沾识。把不定、脸儿赤。

首先是这首词的用韵。刘师培《论文杂记》："宋人词多叶
韵，……（秦观《品令》用织、吃、日、不、惜为韵，则职、
锡、质、物、陌五韵可通用矣）。"刘师培是把官修诗韵
的概念套用到词上来了。"职、锡、质、物、陌"五韵大
概到宋代已经分不清，无所谓"通用"。毛西河谓"词本
无韵"，不是说不押韵，是说词本没有官定的，或具有权
威的韵书，所押的只是"大致相近"的韵。张玉田谓："词
以协律，当以口舌相调。"只要唱起来顺口，听起来顺耳，
就行。《品令》所押的是入声韵，入声韵短促，调值相近，
几乎可以归为一大类，很难区别。用今天的高邮话读《品
令》，觉得很自然，没有一点别扭。

　　焦循《雕菰楼词话》："秦少游《品令》'掉又瞿，天
然个品格'，此正秦邮土音，今高邮人皆然也。"焦循是
甘泉人，于高邮为邻县，所言当有据。其实不只这一个
"个"字，凭直觉，我觉得这两首词通篇都是用高邮话写
的。"肐织"旧注以为"即'胳瘩'，意犹多曲折，不顺
遂"，不可通。朱延庆君以为"肐织"即"胳肢"，今高邮
人犹有读第二字为入声者，其说近是。"啜持"是用甜

言蜜语哄哄。整句意思是：说两句好听的话哄哄你，准能教你笑，也用不着胳肢你！这两首词皆以方言写艳情，似是写给同一个人的，这人是一个惯会撒娇使小性儿的妓女。《淮海居士长短句·附录二，秦观词年表》推测二词写于熙宁九年，这年少游二十八岁，在家乡闲居，时作冶游，所相与的妓女当也是高邮人，故以高邮方言写词状其娇痴，这也是很自然的。词的语句，虽如夏敬观所说："时移世易，语言变迁，后之阅者渐不能明"，很难逐句解释，但用今天的高邮话读起来，大体上还是能体味到它的情趣的，高邮人对这两首词会感到格外亲切。

少游有《醉乡春》，如下：

> 唤起一声人悄，衾冷梦觉窗晓。瘴雨过，海棠开，春色又添多少。　　社瓮酿成微笑，半缺椰瓢共舀。觉顷倒，急投床，醉乡广大人间小。

此词是元符元年于横州作，用的是通行的官话，非高邮土音。但有一个字有点高邮话的痕迹："舀"。王本补遗案曰"地志作'酌'，出韵，误"。《词品》卷三："此词本集不载，见于地志。而修《一统志》者不识'舀'字，妄改可笑。"《雨村词话》："舀，音咬，以瓢取水也。"《词林纪事》卷六按："换头第二句'舀'字,《广韵》上声三十'小'部有此字,以治切,正与'悄'字押。"看来有不少人不认识这个字,但在高邮,这不是什么冷字。高邮人谓以器取水皆曰舀,不一定是用瓢。用一节竹筒旁安一长把,以取水,就叫作"水舀子"。用瓷勺取汤,也叫作"舀一勺汤"。这个字不是高邮所独有,但少游是高邮人,对这个字很熟悉,故能押得自然省力耳。

王磐写散曲,我一直觉得有些奇怪。在他以前和以后,都不曾听说高邮还有什么人写过散曲。一个高邮人,怎么会掌握这种北方的歌曲形式,熟悉北方语言呢?

《康熙扬州府志》云:"王磐,字鸿渐,高邮人,……与金陵陈大声并为南曲之冠。"这"南曲"易为人误会。其实这里所说的"南曲",是指南方的曲家。王磐所写,都是北曲。王骥德《曲律·论咏物》云"小令北调,王西楼最佳"。又《杂论》举当世之为北调者,谓"维扬则王山人西楼"。又云"客问词人之冠,余曰:于北词得一人,曰高邮王西楼"。任中敏校阅《王西楼乐府》后记:"观于此本内无一南曲。"

写北曲得用北方语言,押北方韵。王西楼对此极内行。如《久雪》:

乱飘来燕塞边,密洒向程门外,恰飞还梁

苑去，又舞过灞桥来。攘攘皅皅，颠倒把乾坤碍，分明将造化埋。荡磨的红日无光，隈逼的青山失色。

"色"字有两读，一读 se，而在我们家乡是读入声的；一读 shai，上声，这是河北、山东语音，我的家乡没有这样的读音。然而王磐用的这个"色"字分明应该读（或唱）成 shai 的，否则就不押韵。王磐能用 shai 押韵，押得很稳，北曲的味道很浓，这是什么道理呢？是他对《中原音韵》翻得烂熟，还是他会说北方话，即官话？我看后一种可能更大一些，否则不会这样运用自如。然而王西楼似未到过北方，而且好像足迹未出高邮一步，他怎能说北方话？这又颇为奇怪。有一种可能是当时官话已在全国流行，高邮人也能操北语了。我很难想象这位"构楼于城西僻地，坐卧其间"的王老先生说的是怎样的一口官话。

一九八九年十一月二十七日

王磬的《野菜谱》

我对王西楼很感兴趣。他是明代的散曲大家。我的家乡会出一个散曲作家，我总觉得是奇怪的事。王西楼写散曲，在我的家乡可以说是空前绝后，在他以前，他的同时和以后，都不曾听说有别的写散曲的。西楼名磬，字鸿渐，少时薄科举，不应试，在高邮城西筑楼居住，与当时文士谈咏其间，自号西楼。高邮城西濒临运河，王西楼的名曲《朝天子·咏喇叭》："官船来往乱如麻，全仗你，抬声价"，正是运河堤上所见。我小时还在堤上见过接送官船的"接官厅"。高邮很多人知道王西楼，倒不是因为他写散曲。我在亲戚家的藏书中没有见过一本《西楼乐府》，不少人甚至不知"散曲"为何物。大多数市民知道王西楼是个画家。高邮到现在还流传一句歇后语："王西楼嫁女儿——画（话）多银子少"。关于王西楼的画，有一些近乎神话似的传说，但是他的画一张也没有留下来。早就听说他还著了一部《野菜谱》，没有见过，深以为憾。近承朱延庆君托其友人于扬州师范学院图书馆所藏陶珽重编《说郛》中查到，影印了一册寄给我，快读一遍，对王西楼增加了一分了解。

留心可以度荒的草木，绘成图谱，似乎是明朝人的一种风气。朱元璋的第五个儿子朱橚就曾搜集了可以充饥的草木四百余种，在自己的园圃里栽种，叫画工依照实物绘图，加了说明，编了一部《救荒本草》。王磐是个庶民，当然不能像朱橚那样雇人编绘了那样卷帙繁浩的大书，编了，也刻不起。他的《野菜谱》只收了五十二种，不过那都是他目验、亲尝、自题、手绘的。而且多半是自己掏钱刻印的，——谁愿意刻这种无名利可图的杂书呢？他的用心是可贵的，也是感人的。

《野菜谱》卷首只有简单的题署：

野菜谱

高邮王鸿渐

无序跋，亦无刊刻的年月。我以为这书是可信的，这种书不会有人假冒。

五十二种野菜中，我所认识的只有：白鼓钉（蒲公英）、蒲儿根、马兰头、青蒿儿（即茵陈蒿）、枸杞头、野绿豆、蒌蒿、荠菜儿、马齿苋、灰条。其余的不但不识，连听都没听说过，如"燕子不来香"、"油灼灼"……

《野菜谱》上文下图。文约占五分之三，图占五分之二。"文"，在菜名后有两三行说明，大都是采食的时间及吃法，如：

白鼓钉

名蒲公英，四时皆有，唯极寒天小而可用，采之熟食。

后面是近似谣曲的通俗的乐府短诗，多是以菜名起兴，抒发感慨，嗟叹民生的疾苦。穷人吃野菜是为了度荒，没有为了尝新而挑菜的。我的家乡很穷，因为多水患，《野菜谱》几处提及，如：

眼子菜

眼子菜，如张目，年年盼春怀布谷，犹向秋来望时熟。何事频年倦不开，愁看四野波漂屋。

猫耳朵

猫耳朵，听我歌，今年水患伤田禾，仓廪空虚鼠弃窝，猫兮猫兮将奈何！

灾荒年月，弃家逃亡，卖儿卖女，是常见的事，《野菜谱》有一些小诗，写得很悲惨，如：

江荠

江荠青青江水绿，江边挑菜女儿哭。爷娘新死兄趁熟，止存我与妹看屋。

抱娘蒿

抱娘蒿，结根牢，解不散，如漆胶。君不见昨朝儿卖客船上，儿抱娘哭不肯放。

读了这样的诗，我们可以理解王磐为什么要写《野菜谱》，他和朱橚编《救荒本草》的用意是不相同的。同时也让我们知道，王磐怎么会写出《朝天子·咏喇叭》那样的散曲。我们不得不想到一个多年来人们不爱用的词儿：人民性。我觉得王磐与和他被并称为"南曲之冠"的陈大声有所不同。陈大声不免油滑，而王磐的感情是诚笃的。

《野菜谱》的画不是作为艺术作品来画的，只求形肖。但是王磐是画家，昔人评其画品"天机独到"，原作绝不会如此的毫无笔力。《说郛》本是复刻的，刻工不佳，我非常希望能看到初刻本。

我觉得对王西楼的评价应该调高一些，这不是因为我是高邮人。

一九八九年七月三日

步障：实物和常理

《辞海》"步障"条云是"用以遮蔽风尘或视线的一种屏幕"，引《晋书·石崇传》："崇与贵戚王恺、羊琇之徒，以奢靡相尚；恺作紫丝布步障四十里，崇作锦步障五十里以敌之。"

沈从文编著的《中国古代服饰研究》：

> ……从本图和敦煌开元天宝间壁画《剃度图》《宴乐图》中反映比较，进一步得知古代人野外郊游生活，及这些应用工具形象和不同使用方法。从时间较后之《西岳降灵图》及宋人绘《汉宫春晓图》所见各式步障形象，得知中古以来，所谓"步障"，实一重重用整幅丝绸作成，宽长约三五尺，应用方法，多是随同车乘行进，或在路旁交叉处阻挡行人。主要是遮隔路人窥视，或蔽风日沙尘，作用和掌扇

差不太多。《世说新语》记西晋豪富贵族王恺、石崇斗富，一用紫丝步障，一用锦步障，数目到三四十里。历来不知步障形象，却少有人怀疑这个延长三四十里的手执障子，得用多少人来掌握，平常时候又得用多大仓库来贮藏！如据画刻所见，则"里"字当是"连"或"重"字误写。在另外同时关于步障记载，和《唐六典》关于帷帐记载，也可知当时必是若干"连"或"重"。

沈先生的话是有道理的。从《中国古代服饰研究》所载《敦煌壁画所见帷帐》及《宁懋石室石刻所见帷帐》我们可想见步障大体就是这样的东西。因为见不到较早的写本，《晋书》的"里"究竟应是"连"还是"重"，不能确断，但肯定这必是一个错字。四十里、五十里，有四五条长安街那样长，这样长的步障，怎么可能呢？

读古书要证以实物，更重要的要揆之常理，方不至流于荒唐。

"小山重叠金明灭"

温庭筠《菩萨蛮》是大家读熟了的一首词：

> 小山重叠金明灭，鬓云欲度香腮雪。懒起
> 画蛾眉，弄妆梳洗迟。　　照花前后镜，花面
> 交相映，新帖绣罗襦，双双金鹧鸪。

自来注温词者，都以为"小山"是屏风上的山。我年轻时初读这首词就有这样的印象，且想到扬州的黑漆绘金的屏风，那也确是明明灭灭的。最近读了一本词选，还是这样解释的。

沈从文先生提出不同看法。他以为"小山"是妇女发髻间插戴的小梳子。《中国古代服饰研究》云：

> 唐代妇女喜于发髻上插几把小小梳子，当
> 成装饰，讲究的用金、银、犀、玉或牙等材料，

露出半月形梳背，有多到十来把的（经常有实物出土），所以唐人诗有"斜插犀梳云半吐"语。又元稹《恨妆成》诗有"满头行小梳，当面施圆靥"，王建《宫词》有"归来别赐一头梳"语。再温庭筠词中有"小山重叠金明灭"，即对于当时妇女发间金背小梳而咏。

别一处又说：

当时于发髻间使用小梳有用至八件以上的。……这种小梳子是用金、银、犀、玉、牙等不同材料作成的，陕洛唐墓常有实物出土。温庭筠词"小山重叠金明灭"所形容的，也正是当时妇女头上金银牙玉小梳背在头发间重叠闪烁情形。

我觉得沈先生的说法是一个很有说服力的创见。这样解释，温庭筠的这首词才读得通。这首《菩萨蛮》通篇所咏，是一个贵族妇女梳妆的情形，怎么会从屏风上的小山写起呢？按《菩萨蛮》的章法，这两句照例是衔接的，从屏风说到头发，天上一句，地下一句，这一步实在跳得太远了，真成了上海人所说的"不搭界"。如把"小山"

解释成小梳子，则和后面的"鬓云"扣得很紧，顺理成章。我希望再有注温词者能参考沈先生的意见，改正过来。

沈先生一再强调治文史者要多看文物，互相印证，这样才不会望文生义，想当然耳。他的意见是值得重视的。

我对文史、文物皆甚无知，只是把沈先生的文章抄了两段，无所发明。

一九九〇年四月十一日

城隍·土地·灶王爷

  城隍，《辞海》"城隍"条等云："护城河"，引班固《两都赋序》："京师修宫室，浚城隍，起苑囿，以备制度。"既说是浚，当有水。但同书"隍"字条又注云："没有水的护城壕。"到底是有水没有水？姑且不去管它。反正，城隍后来已经成为神。说是守护城池的神也可以，更准确一点，应说是坐镇一方之神。据《辞海》，最早见于记载的为芜湖城隍，建于三国吴赤乌二年。北齐慕容俨在郢城建城隍神祠一所。唐代以来郡县皆祭城隍。后唐清泰元年封城隍为王。宋以后祀城隍习俗更为普遍。明太祖洪武三年正式规定各府州县的城隍神，并加以祭祀。为什么历代这样重视城隍，以至朱元璋于立国之初就为此特别下了一个红头文件？

  乾隆十七年，郑板桥在知潍县事任内曾修葺过潍县的城隍庙，撰过一篇《城隍庙碑记》。我曾见过拓本。字是郑板桥自己写的，写得很好，虽仍有"六分半书"笔意，但是是楷书，很工整，不似"乱石铺阶"那样狂气十足。

这篇碑文实在是绝妙文章：

　　……故仰而视之，苍然者天也；俯而临之，块然者地也。其中之耳目口鼻手足而能言，衣冠揖让而能礼者，人也。岂有苍然之天而又耳目口鼻而人者哉？自周公以来，称为上帝，而俗世又呼为玉皇。于是耳目口鼻手足冕旒执玉而人之；而又写之以金，范之以土，刻之以木，琢之以玉，而又从之以妙龄之官，陪之以武毅之将。天下后世，遂衰衰然从而人之，俨在其上，俨在其左右矣。至如府州县邑皆有城，如环无端，而齿齿啮啮者是也；城之外有隍，抱城而流，汤汤汩汩者是也。又何必乌纱袍笏而人之乎？而四海之大，九州之众，莫不以人祀之；而又予之以祸福之权，授之以死生之柄；而又两廊森肃，陪以十殿之王；而又有刀花、剑树、铜蛇、铁狗、黑风、蒸以俱之。而人亦衰衰然从而惧之矣。非唯人惧之，吾亦惧之。每至殿庭之后，寝宫之前，其窗阴阴，其风吸吸，吾亦毛发竖栗，状如有鬼者，乃知古帝王神道设教不虚也。……

这是一篇写得曲曲折折的无神论。城，城也；隍，河也，"又何必乌纱袍笏而人之乎？"这已经说得很清楚。然而大家都"以人祀之，而又予之以祸福之权，授之以死生之柄"，"予之"、"授之"，很可玩味。神本无权，唯人授之，这种"神权人授"的思想很有进步意义。谁授予神这样的权柄呢？下文自明。不但授之以权，而且把城隍庙搞得那样恐怖，人亦哀哀然从而惧之。"非唯人惧之，吾亦惧之矣"，这句话说得很幽默。郑板桥是真的害怕了吗？城隍庙总是阴森森的，"吾亦毛发竖慄，状如有鬼者"，郑板桥是真觉得有鬼么？答案在下面："乃知古帝王神道设教不虚也"，郑板桥对古帝王的用心是一清二楚。但是郑板桥并未正面揭穿（这怎么可能呢），而且潍县的城隍庙是在他的倡议下，谋于士绅而葺新的，这真是最大的幽默！我们对于明清之后的名士的思想和行事，总要于其曲曲折折处去寻绎。不这样，他们就无法生存。我一向觉得板桥的思想很通达，不图其通达有如此。

我们县里的城隍庙的历史是颇久的，有两棵粗可合抱的白果（银杏）树为证。庙相当大，两进大殿，前殿和后殿。前殿面南坐着城隍老爷，也称城隍菩萨，——这与佛教的"菩提萨埵"无关，中国的老百姓是把一切的神都可称为菩萨的，叫"老爷"时多。发亮的油白大脸，长眉细目，五绺胡须。大红缎地平金蟒袍。按说他只是县团级，但是派头却比县知事大得多，县官怎么能穿蟒呢。而且封了爵，而且爵位甚高，"敕封灵应侯"。如此僭越，实在很怪。他们职权是管生死和祸福。人死之后，即须先到城隍那里挂一个号。京剧《琼林宴》范仲禹的唱词云："在城隍庙内挂了号，在土地祠内领了回文。"城隍庙正殿上有几块匾，除了"威灵显赫"之类外，有一块白话文的特大的匾，写的是"你也来了"。我的二伯母（我是过继给她的）病重，她的母亲（我应该叫她外婆）有一天半夜里把我叫起来，把我带到城隍庙去。我迷迷糊糊地去了。干什么？去"借寿"，即求城隍老爷把我的寿借几年（好像是十年）给二伯母。半夜里到城隍庙里去，黑咕隆咚的，真有点怕人。我那时还小，借几年就借几年吧，无所谓，而且觉得这是应该的。到城隍老爷那里去借寿，我想这是古已有之的习俗，不是我的外婆首创，因为所有仪注好像都有成规。不过借寿并不成功，我的二伯母过了两天还是死了。

我们那里的城隍庙有一个特别处，即后殿还有一个神像，也是五绺长须，但穿章没有城隍那样阔气。这位神也许是城隍的副手。他们名称很奇怪，叫"老戴"。城隍和老戴之间好像有个什么故事的，我忘了。

正殿前的两廊塑着各种酷刑行刑时的景象，即板桥碑记中所说的"刀花、剑树……"。我们那里的城隍庙所塑的是上刀山、下油锅、锯人、磨人等等，一共七十二种酷刑，谓之"七十二司"，这"司"是阴司的意思。七十二司分为十个相通连的单间，左廊右廊各五间。每一间有一个阎王，即板桥所说的"十王"。阎王是"王"，应该是"南面而王"，坐在正面。《聊斋·陆判》所说的十王殿的十王大概是坐在正面的，但多数的十王都是屈居在两廊，变成了陪客，甚至是下属了，我们县里的城隍庙、泰山庙都是这样。中国诸神的品级官阶也乱得很。十王中我只记得一个秦广王，其余的，对不起，全忘了。《玉历宝钞》上好像有十王的全部称号，且各有像（虽然都长得差不多），不难查到的。

城隍庙正殿的对面，照例有一座戏台。郑板桥碑记云："岂有神而好戏者乎？是又不然。《曹娥碑》云：'盱能抚节安歌，婆娑乐神'，则歌舞迎神，古人已累有之矣。诗云：'琴瑟击鼓，以迓田祖'，夫田果有祖，田祖果爱琴瑟，谁则闻之？不过因人心之报称，以致其重叠爱媚于尔大神尔。今城隍既以人道祀之，何必不以歌舞之事娱之哉！"郑板桥这里说得有点不够准确。歌舞最初是乐神的，因为他是神，才以歌舞乐之，这是"神道"，并不是因为以人道祀之，才以歌舞之事娱之。到了后来，戏才是演给人看的，但还是假借了乐神的名义。很多地方的戏台都在庙里，都是"神台"。我们县城隍庙的戏台是演戏的重要场地，我小时看的许多戏都是站在戏台与正殿之间的砖地上看的。看的都是"大戏"，即京剧。但有一次在这个戏台上也演过梅花歌舞团那样的歌舞，这种节目演给城隍老爷看，颇为滑稽。

每年七月半，城隍要出巡，即把城隍的大驾用八抬大轿抬出来，在城里的主要街道上游一游。城隍出巡，前面是有许多文艺表演的节目，叫作"会"，许多地方叫"赛会"，"出会"，我们那里叫"迎会"。参与迎会的，谓之"走会"。我乡迎会的情形，我在小说《故里三陈·陈四》中有较详细的描述，不赘。各地赛会，节目有同有异，高跷、旱船，南北皆有。北京的"中幡"、"五虎棍"，我们那里没有。我们那里的"站高肩"，北方没有。

城隍的姓名大都无可稽考，但也有有案可查的。张岱《西湖梦寻·城隍庙》载："吴山城隍庙，宋以前在皇山，旧名永固，绍兴九年徙建于此。宋初，封其神，姓孙名本。永乐时封其神为周新。"周新本是监察御史，弹劾敢言，被永乐杀了。"一日上见绯而立者，叱之，问为谁，对曰：'臣新也，上帝谓臣刚直，使臣城隍浙江，为陛下治奸贪吏。'言已不见，遂封为浙江都城隍。"这当然只是传说，永乐帝不会白日见鬼。但这记载说明一个问题，即城隍由上帝任命后，还得由人间的皇帝加封，否则大概是无效的。"都城隍"之名他书未见。周新是个省级城隍，比州、府、县的城隍要大，相当于一个巡抚了。都城隍不是各省都有。

《聊斋志异》以《考城隍》为全书第一篇，评书者都以为有深意焉，我看这只是寓言，寄托蒲松龄认为所有的官都应该考一考的愤慨耳。他说这是"予姊夫之祖宋公讳焘"的事情，宋焘亦未必有其人。

土地即社神。《风俗编·神鬼》："凡今社神，俱呼土地。"其所管的地面是不大的，大体相当于明清的坊——凡土地都称为"当坊土地"，解放前的一个保。我家所住的一条街上街的中段和东段即有两座土地祠。《聊斋·王六郎》后为招远县邬镇土地，管一个镇，也差不多。到了乡下，则随便哪个田头，都可立一个土地庙。《王六郎》是一篇写得很美的小说，文长，不具引。土地本也应是有名有姓的，但人都不知道。王六郎只名王六郎，那倒是因为他本没有名字，只是姓王，叫人"相见可呼王六郎"。他当了土地，仍叫王六郎么？这不免有失官体。有一位土地的名字倒是为人所知的，是北京国子监的土地，此人非别，乃韩愈也！韩愈当过国子祭酒，与国子监有点老关系，但让他当国子监的土地爷，实在有点不大像话。我曾看过国子监的土地祠，比一架自鸣钟大不了多少。

河北农村有俗话："别拿土地爷不当神仙！"事实上

人们对土地爷是不大尊重的。土地祠（或亦称庙）很简陋，香火冷落，乡下给土地爷上供的只是一块豆腐。《西游记》孙悟空到了一处，遇到妖怪，不知是什么来头，便把土地召来，二话不说，叫土地老儿先把孤拐伸出来教老孙打五百棍解闷。孙悟空对土地的态度实即是吴承恩对土地的态度，也是老百姓对土地的态度：不当一回事。因为，他是最小的神，或神里最小的官。

我们县别有都土地，那可不一样了。都土地祠亦称都天庙，连庙所在的那条巷子也叫都天庙巷。都天庙和城隍庙不能相比，小得多，但也有殿有廊。殿上坐着都土地，比城隍小一号，亦红蟒亦面长圆而白亮，无五绺须。我的家乡把长圆而肥白的脸叫作"都天脸"，此专指女人的面相，男人这样的脸很少，不知道为什么没有人说"城隍脸"。都土地管辖地界大致相当于一个区。他的封爵次于城隍一等，是"灵显伯"。父老相传，我所住在的北城的都土地是张巡。张巡怎么会跑到我的家乡来当一个区长级的都土地呢？这里既不是他的家乡（河南南阳），又不是他战死的地方（河南睢阳）。说北城都土地是张巡，根据的是什么？有这样一个在安史之乱时和安禄山打仗，城破而死的有名的忠臣当都土地，我们那一区的居民是觉得很光荣的。都土地也不是每个区都有。

土地城隍属于一个系统，他们的关系是上下级，如表：

土地→都土地→城隍→都城隍

都城隍的上面是什么呢？没有了，好像是一直通到玉皇大帝。土地的下面呢？也没有了，因为土地祠里并未塑有衙役皂隶。他们是上下级，是不是要布置任务，汇报工作？也许要的，但是咱们不知道。

祭灶的起源盖甚早。

《史记·孝武本纪》："是时而李少君亦以祠灶、谷道、却老方见上，上尊之。"《索隐》："如淳云：'祠灶可以致福。'案：礼灶者，老妇之祭，盛于盆，尊于瓶。"这最初本是"老妇之祭"。晋代宗懔《荆楚岁时记》："按礼器，灶者老妇之祭，'尊于瓶，盛于盆'，言以瓶为樽，用盆盛馔也"，意思是拿瓶子当酒樽，盆盛食物。老妇大概没钱，用不起正儿八经的器皿，只好这样马马虎虎，因陋就简。

祭灶本是求福，是很朴素的愿望，到了方士的手里，就变得神乎其神起来。《史记·孝武本纪》："少君言于上曰：'祠灶则致物，致物而丹沙可化为黄金，黄金成以为饮食器则益寿，益寿而海中蓬莱仙者可见，见之以封禅则不死，黄帝是也。"从祠灶到不死，绕了这样大一个圈子，汉代的方士真能胡说八道！而汉武帝偏偏就相信这种胡说八道！

祭灶的礼俗一直相沿不替。唐、五代的材料我没有来得及查，宋代则讲风俗的书几乎没有一本不提到祭灶的。

《东京梦华录》："十二月……二十四日交年，都人至夜请僧道看经，备酒果送神，烧合家替代钱纸，贴灶马于灶上，以酒糟涂抹灶门，谓之'醉司命'。"

《梦粱录》："十二月……二十四日，不以穷富，皆备蔬食饧豆祀灶。"

《武林旧事》："……二十四日，谓之'交年'，祀灶用花饧米饵，及烧替代及作糖豆粥，谓之'口数'。"

祭灶的祭品不拘，但有一样东西是必有的：饧。饧是古糖字，指用麦芽或谷芽熬成的糖，熬干了，就成了关东糖。我们那里就叫作"灶糖"。为什么要请灶王爷吃关东糖？《抱朴子·微旨》："月晦之夜，灶神亦上天白人罪状。"原来灶王爷既是每一家的守护神，又是玉皇大帝的情报员，——一个告密者。人在家里，不是在公开场合，总难免说点错话，办点错事，灶王爷一天到晚窃听监视，这受得了吗！人于是想出一个高招，塞他一嘴关东糖，叫他把牙粘住，使他张不开嘴，说不出人的坏话。不过灶王爷二十三或二十四上天，到除夕才回来，在天上要待一个星期，在玉皇大帝面前一句话也不说，玉皇大帝不觉得奇怪么？

以酒糟涂抹灶门，其用意与祭之以饧同，让他醉末咕咚的，他还能打小报告么？

灶王爷上天，是骑马去的。《东京梦华录》云："贴灶马于灶上。"我们那里是用红纸折一个小孩子折手工的纸马，祭毕烧掉。折纸马照例是我的一个堂姐的事。这实在有点儿戏。

我们那里的孩子捉蜻蜓，红蜻蜓是不捉的，说这是灶王爷的马。灶王爷骑了这样的马——蜻蜓，上天？

把灶王爷送上天，谓之"送灶"。送灶的日期各地不一样。我们那里一般人家是腊月二十四。俗话说："君（或军）三，民四，龟五。"按规定，娼妓家送灶应是二十五，不过妓女都不遵守。二十五送灶，这不等于告诉别人：我们家是妓女？北京送灶，则都在二十三。

到除夕，把灶王爷接回来，或谓之"迎灶"，我们那里叫作"接灶"。

谁参加祭灶？各地，甚至各家不一样。有的人家只许男的参加，女的不参加；有的人家则只有女的跪拜，男人不参与；我们家则男女都拜，先由男的拜，后由女的拜。我觉得应该由女的祭拜合适。女人一天围着锅台转，与灶王爷关系密切，而且，这本是"老妇之祭"，不关老爷们儿的事！

灶王爷是什么长相？《庄子·达生》："灶有髻。"司马彪注："髻，灶神，着赤衣，状如美女。"我见过木刻彩印的灶王像，面孔略圆，有二三十根稀稀疏疏的胡子，并不像美女，倒像个有福气的老封翁。我们家灶王龛里则只贴了一张长方的红纸，上写"东厨司命定福灶君"。

灶王爷姓什么，叫什么？《荆楚岁时记》说他"姓苏名吉利"。不单他，连他老婆都有名字："妇姓王名搏颊"。但我曾看过一个华北的民间故事，说他名叫张三，因为做了见不得人的事，钻进了灶膛里，弄得一脸乌七抹黑，于是成了灶王。北京俗曲亦云："灶王爷本姓张。"他到底叫什么？吁，鬼神之事，难言之矣。

城隍、土地、灶君是和中国人民大众生活关系最密切的神。

这些神是"古帝王"造出来的神话，是谣言，目的是统一老百姓的思想，是"神道设教"。

老百姓也需要这样的神。这些神的意象一旦为老百姓所掌握，就会变成一种自觉的、宗教性的、固执的力量。没有这些神，他们就会失去伦理道德的标准、是非善恶的尺度，失去心理平衡，惶惶然不可终日。我们县的城隍，在北伐的时候曾由以一个姓黄的党部委员为首的一帮热血青年用粗绳拉倒，劈成碎片。这触怒了城乡的许多道婆子。我们县有很多的道婆子，她们没有任何文化，只会念一句"南无阿弥陀佛"，是神就拜，念"南无阿弥陀佛"，不管这神是什么教的神。不管哪个庙的香期，她们都去，一坐一大片，叫作"坐经"。她们的凝聚力很大，心很齐。她们听说城隍老爷被毁了，"哈！这还行！"她们一人拿了一炷香，要把姓黄的党部委员的家烧掉。黄某事先听到消息，越墙逃走，躲藏了好多天。这帮道婆子捐钱募化，硬是重新造了一个城隍老爷，和原来的一样。她们的道理很简单："怎么可以没有城隍老爷！"

愚昧是一种伟大的力量。

大多数人对城隍、土地、灶王爷的态度是"诚惶诚恐，不胜屏营待命之至"，但是也有人不是这样，有的时候不是这样。很多地方戏的"三小戏"都有《打城隍》《打灶王》，和城隍老爷、灶王爷开了点小小玩笑，使他们不能老是那样俨乎其然，那样严肃。送灶时的给灶王喂点关东糖，实在表现了整个民族的幽默感。

也许正是这点幽默感，使我们这个民族不致被信仰的铁板封死。

一九九〇年十二月八日

中国文学的语言问题

——在耶鲁和哈佛的演讲

语言的内容性

语言的文化性

语言的暗示性

语言的流动性

　　中国作家现在很重视语言。不少作家充分意识到语言的重要性。语言不只是一种形式，一种手段，应该提到内容的高度来认识。最初提到这个问题的是闻一多先生。他在很年轻的时候，写过一篇《庄子》，说他的文字（即语言）已经不只是一种形式、一种手段，本身即是目的（大意）。我认为这是说得很对的。语言不是外部的东西。它是和内容（思想）同时存在，不可剥离的。语言不能像橘子皮一样，可以剥下来，扔掉。世界上没有没有语言的思想，也没有没有思想的语言。往往有这样的说法：这篇小说写得不错，就是语言差一点。我认为这种说法是不能成立的。我们不能说这首曲子不错，就是旋律和节奏差一点；这张画画得不错，就是色彩和线条差一点。我们也不能说：这篇小说不错，就是语言差一点。语言是小说的本体，不是附加的，可有可无的。从这个意义上说，写小说就是写语言。小说使读者受到感染，小说的魅力之所在，首先是小说的语言。小说的语言是浸透了内容的，浸透了作者的思想的。我们有时看一篇小说，看了三行，就看不下去了，因为语言太粗糙。语言的粗糙就是内容的粗糙。

语言是一种文化现象。语言的后面是有文化的。胡适提出"白话文"，提出"八不主义"。他的"八不"都是消极的，不要这样，不要那样，没有积极的东西，"要"怎样。他忽略了一种东西：语言的艺术性。结果，他的"白话文"成了"大白话"。他的诗：

> 两个黄蝴蝶，
> 双双飞上天……

实在是一种没有文化的语言。相反的，鲁迅，虽然说过要上下四方寻找一种最黑最黑的咒语，来咒骂反对白话文的人，但是他在一本书的后记里写的"时大夜弥天、碧月澄照，饕蚊遥叹，余在广州"就很难说这是白话文。我们的语言都是继承了前人，在前人语言的基础上演变、脱化出来的。很难找到一种语言，是前人完全没有讲过的。那样就会成为一种很奇怪的，别人无法懂得的语言。古人说"无一字无来历"，是有道理的，语言是一种文化积淀。语言的文化积淀越是深厚，语言的含蕴就越丰富。比如毛泽东写给柳亚子的诗：

> 三十一年还旧国，
> 落花时节读华章。

　　单看字面，"落花时节"就是落花的时节。但是读过一点旧诗的人，就会知道这是从杜甫的《江南逢李龟年》里来的：

> 岐王宅里寻常见，
> 崔九堂前几度闻。
> 正是江南好风景，
> 落花时节又逢君。

"落花时节"就含有久别重逢的意思。毛泽东在写这两句诗的时候未必想到杜甫的诗，但杜甫的诗他肯定是熟悉的。此情此景，杜诗的成句就会油然从笔下流出。我还是相信杜甫所说的"读书破万卷，下笔如有神"。多读一点古人的书，方不致"书到用时方恨少"。

这可以说是"书面文化"。另外一种文化是民间的，口头文化。有些作家没有受过完整的教育。战争年代，有些作家不能读到较多的书。有的作家是农民出身。但是他们非常熟悉口头文学。比如赵树理、李季。赵树理是一个农村才子，他能在庙会上一个人唱一台戏——唱、表演、用嘴奏"过门"、念"锣经"，一样不误。他的小说受民间戏曲和评书很大的影响。（赵树理是非常可爱的人。他死于"文化大革命"。我十分怀念他。）李季的叙事诗《王贵与李香香》是用陕北"信天游"的形式写的。孙犁说他的语言受了他的母亲和妻子的影响。她们一定非常熟悉民间语言，而且是很熟悉民歌、民间故事的。中国的民歌是一个宝库，非常丰富，我曾经想过一个问题：中国民歌有没有哲理诗？——民歌一般都是抒情诗，情歌。我读过一首湖南民歌，是写插秧的：

赤脚双双来插田，

低头看见水中天。

行行插得齐齐整，

退步原来是向前。

这应该说是一首哲理诗。"退步原来是向前"可以用来说明中国目前的一些经济政策。从"人民公社"退到"包产到户",这不是"向前"了吗？我在兰州遇到过一位青年诗人,他怀疑甘肃、宁夏的民歌"花儿"可能是诗人的创作流传到民间去的,那样善于用比喻、押韵押得那样精巧。有一回他去参加一个"花儿会"（当地有这样的习惯,大家聚集在一起唱几天"花儿"）,和婆媳两人同船。这婆媳二人把他"唬背"了：她们一路上没有说一句散文——所有的对话都是押韵的。媳妇到一个娘娘庙去求子,她跪下来祷告,不是说：送子娘娘,您给我一个孩子,我给您重修庙宇,再塑金身……而是：

　　　　今年来了,我是跟您要着哪,
　　　　明年来了,我是手里抱着哪,
　　　　咯咯嘎嘎地笑着哪！

这是我听到过的祷告词里最美的一个。我编过几年《民间文学》,得益匪浅。我甚至觉得,不读民歌,是不成为一个好作家的。

有一首著名的唐诗《新嫁娘》：

　　　　洞房昨夜停红烛,

待晓窗前拜舅姑。

妆罢低声问夫婿，

画眉深浅入时无？

这首诗并没有说这位新嫁娘长得好看不好看，但是宋朝人的诗话里已经指出：这一定是一个绝色的美女。这首诗制造了一种气氛，让你感觉到她的美。

另一首有名的唐诗：

君家在何处？

妾住在横塘。

停舟暂借问，

或恐是同乡。

看起来平平常常，明白如话，但是短短二十个字里写出了很多东西。宋人说这首诗"墨光四射，无字处皆有字"。这说得实在是非常的好。

语言的美，不在语言本身，不在字面上所表现的意思，而在语言暗示出多少东西，传达了多大的信息，即让读者感觉、"想见"的情景有多广阔。古人所谓"言外之意"、"弦外之音"是有道理的。

国内有一位评论家评论我的作品，说汪曾祺的语言很怪，拆开来每一句都是平平常常的话，放在一起，就有点味道。我想任何人的语言都是这样。每句话都是警句，那是会叫人受不了的。语言不是一句一句写出来，"加"在一起的。语言不能像盖房子一样，一块砖一块砖，垒起来。那样就会成为"堆砌"。语言的美不在一句一句的话，而在话与话之间的关系。包世臣论王羲之的字，说单看一个一个的字，并不怎么好看，但是字的各部分，字与字之间"如老翁携带幼孙，顾盼有情，痛痒相关"。中国人写字讲究"行气"。语言是处处相通，有内在的联系的。语言像树，枝干树叶，汁液流转，一枝摇，百枝摇；它是"活"的。

"文气"是中国文论特有的概念。从《文心雕龙》到"桐城派"一直都讲这个东西。我觉得讲得最好，最具体的是韩愈。他说：

> 气水也，言浮物也。水大而物之浮者大小毕浮。气之与言犹是也，气盛则言之短长与声之高下者皆宜。

后来的人把他的理论概括成"气盛言宜"四个字。我觉得他提出了三个很重要的观点。他所谓"气盛"，照我的理解，即作者情绪饱满，思想充实。我认为他是第一个提出作者的精神状态和语言的关系的人。一个人精神好的时候往往会才华横溢，妙语如珠；倦疲的时候往往词不达意。他提出一个语言的标准：宜。即合适，准确。世界上有不少作家都说过"每一句话只有一个最好的说法"，比如福楼拜。他把"宜"更具体化为"言之短长"与"声之高下"。语言的奥秘，说穿了不过是长句子与短句子的搭配。一泻千里，戛然而止，画舫笙歌，骏马收缰，可长则长，能短则短，运用之妙，存乎一心。中国语言的一个特点是有"四声"。"声之高下"不但造成一种音乐美，而且直接影响到意义。不但写诗，就是写散文，写小说，也要注意语调。语调的构成，和"四声"是很有关系的。

中国人很爱用水来作文章的比喻。韩愈说过。苏东坡说"吾文如万斛泉源，不择地皆可出"，"常行于所当行，止于所不可不止"。流动的水，是语言最好的形象。中国人说"行文"，是很好的说法。语言，是内在地运行着的。缺乏内在的运动，这样的语言就会没有生气，就会呆板。

中国当代作家意识到语言的重要性的，现在多起来了。中国的文学理论家正在开始建立中国的"文体学"、"文章学"。这是极好的事。这样会使中国的文学创作提高到一个更新的水平。

谢谢！

一九八七年十一月十九日追记于爱荷华

小说的散文化

　　散文化似乎是世界小说的一种（不是唯一的）趋势。屠格涅夫的《猎人笔记》有些篇近似散文。《白净草原》尤其是这样。都德的《磨坊文札》也如此。他们有意用"日记"、"文札"来作为文集的标题，表示这里面所收的各篇，不是传统的严格意义上的小说。契诃夫有些小说写得很轻松随便。《恐惧》实在不大像小说，像一篇杂记。阿左林的许多小说称之为散文也未尝不可，但他自己是认为那是小说的。——有些完全不能称为小说的东西，则命之为"小品"，比如《阿左林先生是古怪的》。萨洛扬的带有自传色彩的小说，是具有文学性的回忆录。鲁迅的《故乡》写得很不集中。《社戏》是小说么？但是鲁迅并没有把它收在专收散文的《朝花夕拾》里，而是收在小说集里的。废名的《竹林的故事》可以说是具有连续性的散文诗。萧红的《呼兰河传》全无故事。沈从文的《长河》是一部很奇怪的长篇小说。它没有大起大落，大开大阖，没有强烈的戏剧性，没有高峰，没有悬念，只是平平静静，慢慢地向前流着，就像这部小说所写的流水一样。这是一部散文化的长篇小说。大概传统的，严格意义上的小说有一点像山，而散文化的小说则像水。

散文化的小说一般不写重大题材。在散文化小说作者的眼里，题材无所谓大小。他们所关注的往往是小事，生活的一角落，一片段。即使有重大题材，他们也会把它大事化小。散文化的小说不大能容纳过于严肃的，严峻的思想。这一类小说的作者大都是性情温和的人，他们不想对这个世界做陀思妥耶夫斯基式的拷问和卡夫卡式的阴冷的怀疑。许多严酷的现实，经过散文化的处理，就会失去原有的硬度。鲁迅是个性格复杂的人。一方面，他是一个孤独、悲愤的斗士，同时又极富柔情。《故乡》《社戏》里有一种说不出来的惆怅和凄凉，如同秋水黄昏。沈从文企图在《长河》里"把最近二十年来当地农民性格灵魂被时代大力压扁扭曲失去了原有的素朴所表现的式样，加以解剖及描绘"，这是一个十分严肃的，使人痛苦的思想。他"唯恐作品和读者对面，给读者也只是一个痛苦印象"，所以"特意加上一点牧歌的谐趣"。事实上《长河》的抒情成分大大冲淡了那种痛苦思想。散文化小说的作者大都是抒情诗人。散文化小说是抒情诗，不是史诗。散文化小说的美是阴柔之美，不是阳刚之美。是喜剧的美，不是悲剧的美。散文化小说是清澈的矿泉，不是苦药。它的作用是滋润，不是治疗。这样说，当然是相对的。

散文化的小说不过分地刻画人物。他们不大理解，也不大理会典型论。海明威说：不存在典型，典型是说谎。这话听起来也许有点刺耳，但是在解释得不准确的典型论的影响之下，确实有些作家造出了一批鲜明、突出，然而虚假的人物形象。要求一个人物像一团海绵一样吸进那样多的社会内容，是很困难的。透过一个人物看出一个时代，这只是评论家分析出来的，小说作者事前是没有想到的。事前想到，大概这篇小说也就写不出来了。小说作者只是看到一个人，觉得怪有意思，想写写他，就写了。如此而已。散文化小说作者通常不对人物进行概括。看过一千个医生，才能写出一个医生，这种创作方法恐怕谁也没有当真实行过。散文化小说作者只是画一朵两朵玫瑰花，不想把一堆玫瑰花，放进蒸锅，提出玫瑰香精。当然，他画的玫瑰是经过选择的，要能入画。散文化小说的人物不具有雕塑性，特别不具有米盖朗琪罗那样的把精神扩及到肌肉的力度。它也不是伦布朗的油画。它只是一些 sketch，最多是列宾的钢笔淡彩。散文化小说的人像要求神似。轻轻几笔，神全气足。《世说新语》，堪称范本。散文化的小说大都不是心理小说。这样的小说不去挖掘人的心理深层结构，散文化小说的作者不喜欢"挖掘"

这个词。人有什么权利去挖掘人的心呢？人心是封闭的。那就让它封闭着吧。

散文化小说的最明显的外部特征是结构松散。只要比较一下莫泊桑和契诃夫的小说，就可以看出两者在结构上的异趣。莫泊桑，还有欧·亨利，耍了一辈子结构，但是他们显得很笨，他们实际上是被结构耍了。他们的小说人为的痕迹很重。倒是契诃夫，他好像完全不考虑结构，写得轻轻松松，随随便便，潇潇洒洒。他超出了结构，于是结构更多样。章太炎论汪中的骈文"起止自在，无首尾呼应之式"。打破定式，是散文化小说结构的特点。魏叔子论文云："人知所谓伏应而不知无所谓伏应者，伏应之至也；人知所谓断续而不知无所谓断续者，断续之至也。"（《陆悬圃文序》）古今中外作品的结构，不外是伏应和断续。超出伏应、断续，便在结构上得到大解放。苏东坡所说的"常行于所当行，常止于不可不止"，是散文化小说作者自觉遵循的结构原则。

喔，还有情节。情节，那没有什么。

有一些散文化的小说所写的常常只是一种意境。《白净草原》写了多少事呢？《竹林的故事》写的只是几个孩子对于他们的小天地的感受，是一篇他们的富有诗意的生活的"流水"（中国的往日的店铺把逐日随手所记账目叫作"流水"，这是一个很好的词汇）。《长河》的《秋（动中有静）》写的只是一群过渡人无目的、无条理的闲话，但是那么亲切，那么富有生活气息。沈从文创造了一种寂寞和凄凉的意境，一片秋光。某些散文化小说也许可称之为"安静的艺术"。《白净草原》《秋（动中有静）》，这从题目上就可以看得出来。阿左林所写的修道院是静静的。声音、颜色、气味，都是静静的。日光和影子是静静的。人的动作、神情是静静的。墙上的长春藤也是静静的。散文化小说往往都有点怀旧的调子，甚至有点隐逸的意味。这有什么不好呢？我不认为这样一些小说所产生的影响是消极的。这样的小说的作者是爱生活的，他们对生活的态度是执着的。他们没有忘记窗外的喧嚣而躁动的尘世。

散文化小说的作者十分潜心于语言。他们深知，除了语言，小说就不存在。他们希望自己的语言雅致、精确、平易。他们让他们对于生活的态度于字里行间自自然然地流出，照现在西方所流行的一种说法是：注意语言对于主题的暗示性。他们不把倾向性"特别地说出"。散文化小说的作者不是先知，不是圣哲，不是无所不知的上帝，不是富于煽动性的演说家。他们是读者的朋友。因此，他们自己不拘束，也希望读者不受拘束。

散文化的小说会给小说的观念带来一点新的变化。

一九八六年十一月十七日北京

中国戏曲和小说的血缘关系

　　自从布莱希特以后，世界戏剧分作了两大类。一类是戏剧的戏剧，一类是叙事诗式的戏剧。布莱希特带来了戏剧观念的革命。布莱希特的戏剧观可能受了中国戏曲的影响。元杂剧是个很怪的东西。除了全剧一个人唱到底，还把任何生活一概切成四段（四出）。或许，元杂剧的作者认为生活本身就是天然地按照四分法的逻辑进行的，这也许有道理。四是一个神秘的数字。元杂剧的分"出"，和十九世纪西方戏剧的分"幕"不尽相同，但有暗合之处（古典西方戏剧大都是四幕）。但是自从传奇兴起，中国的剧作者的戏剧观点、思想方式，发生了很大的变化，同时带来结构方式的变化。传奇的作者意识到生活的连续性、流动性，不能人为地切作四块，于是由大段落改为小段落，由"出"改为"折"。西方古典戏剧的结构像山，中国戏曲的结构像水。这种滔滔不绝的结构自明代至近代一直没有改变。这样的结构更近乎是叙事诗式的，或者更直截了当地说：是小说式的。中国的演义小说改编为戏曲极其方便，因为结构方法相近。

中国戏曲的时空处理极其自由，尤其是空间，空间是随着人走的，一场戏里可以同时表不同的空间（中国剧作家不知道所谓三一律，因此不存在打破三一律的问题）。《打渔杀家》里萧恩去出首告状，被县官吕子秋打了四十大板，轰出了县衙。他的女儿桂英在家里等他。上场唱了四句：

> 老爹爹清晨起前去出首，
> 倒叫我桂英儿挂在心头。
> 将身儿坐至在草堂等候，
> 等候了爹爹回细问根由。

在每一句之后听到后台的声音："一十，二十，三十，四十，赶了出去！"这声音表现的是萧恩在公堂上挨打。一个在江那边，一个在江这边，一个在公堂上，一个在家里，这"一十，二十"怎么能听得到？谁听见的？《一匹布》是一出极其特别的、带荒诞性的"玩笑剧"。李天龙的未婚妻死了，丈人有言，等李天龙续娶时，把女儿的四季衣裳和陪嫁银子二百两给他。李天龙家贫，无力娶妻，张古董愿意把妻子沈赛花借给他，好去领取钱物，声明不能过夜。不想李天龙沈赛花被老丈人的儿子强留住下了。张古董一看天晚了，赶往城里，到了瓮城里，两边的城门都关了，憋在瓮城里过了一夜。舞台上一边是老丈人家，李天龙、沈赛花各怀心事；一边是瓮城，张古董一个人心急火燎，咕咕哝哝。奇怪的是两边的事不但同时发生，而且两处人物的心理还能互相感应，又加上一个毫不相干，和张古董同时被关在瓮城里的一个名叫"四合老店"的南方口音的老头儿跟着一块瞎打岔，这场戏遂饶奇趣。这种表现同时发生在不同空间的事件的方法，可以说是对生活的全方位观察。

中国戏曲，不很重视冲突。有一个时期，有一种说法，戏剧就是冲突，没有冲突不成其为戏剧。中国戏曲，从整出看，当然是有冲突的，但是各场并不都有冲突。《牡丹亭·游园》只是写了杜丽娘的一脉春情，什么冲突也没有。《长生殿·闻铃·哭象》也只是唐明皇一个人在抒发感情。《琵琶记·吃糠》只是赵五娘因为糠和米的分离联想到她和蔡伯喈的遭际，痛哭了一场。《描容》是一首感人肺腑的抒情诗，赵五娘并没有和什么人冲突。这些著名的折子，在西方的古典戏剧家看来，是很难构成一场戏的。这种不假冲突，直接地抒写人物的心理、感情、情绪的构思，是小说的，非戏剧的。

戏剧是强化的艺术，小说是入微的艺术。戏剧一般是靠大动作刻画人物的，不太注重细节的描写。中国的戏曲强化得尤其厉害。锣鼓是强化的有力的辅助手段。但是中国戏曲又往往能容纳极精微的细节。《打渔杀家》萧恩决定过江杀人，桂英要跟随前去，临出门时，有这样几句对白：

"开门哪！"

"爹爹呀请转！这门还未曾上锁呢。"

"这门呶！——关也罢，不关也罢！"

"里面还有许多动用家具呢。"

"傻孩子呀，门都不要了，要家具则甚哪！"

"不要了？喂噫……"

"不省事的冤家呀……！"

从戏剧情节角度看，这几句话可有可无。但是剧作者（也算是演员）却抓住了这一细节，表现出桂英的不懂事和失路英雄准备弃家出走的悲怆心情，增加了这出戏的悲剧性。

《武家坡》里，薛平贵在窑外述说了往事，王宝钏确信是自己的丈夫回来了，开门相见。

王宝钏（唱）

开开窑门重相见，

我丈夫哪有五绺髯？

薛平贵（唱）

少年子弟江湖老，

红粉佳人两鬓斑。

三姐不信菱花照，

不似当年在彩楼前。

王宝钏（唱）

寒窑哪有菱花镜？

薛平贵（白）

水盆里面——

王宝钏（接唱）

水盆里面照容颜。

（夹白）老了！

（接唱）

老了老了真老了，

十八年老了我王宝钏！

　　水盆照影，是一个非常精彩的细节。王宝钏穷得置不起一面镜子，她茹苦含辛，也无心对镜照影。今日在水盆里一照：老了！"十八年老了我王宝钏"，千古一哭！

　　这种"闲中着色"，涉笔成情，手法不是戏剧的，是小说的。

　　有些艺术品类，如电影、话剧，宣布要与文学离婚，是有道理的。这些艺术形式绝对不能成为文学的附庸，对话的奴仆。但是戏曲，问题不同。因为中国戏曲与文学——小说，有割不断的血缘关系。戏曲和文学不是要离婚，而是要复婚。中国戏曲的问题，是表演对于文学太负心了！

　　　　　　　　　　　　一九八九年五月七日

认识到的和没有认识的自己

作家需要评论家。作家需要认识自己。"文章千古事，得失寸心知。"但是一个作家对自己为什么写，写了什么，怎么写的，往往不是那么自觉的。经过评论家的点破，才会更清楚。作家认识自己，有几宗好处。一是可以增加自信，我还是写了一点东西的。二是可以比较清醒，知道自己吃几碗干饭，可以心平气和，安分守己，不去和人抢行情，争座位。更重要的，认识自己是为了超越自己，开拓自己，突破自己。我应该还能搞出一点新东西，不能就是这样，磨道里的驴，老围着一个圈子转。认识自己，是为了寻找还没有认识的自己。

我大概算是一个现实主义的作家。现实主义，本来是简单明了的，就是真实地写自己所看到的生活。后来不知道怎么搞得复杂起来了。大概是苏联提出了社会主义现实主义。而将以前的现实主义的前面加了一个"批判的"。"批判的现实主义"总是不那样好就是了。什么是

"社会主义的现实主义"呢？越说越糊涂。本来"社会主义"是一个政治的概念，"现实主义"是文学的概念，怎么能搅在一起呢？什么样的作品是"社会主义现实主义"的呢？标准的作品大概是《金星英雄》。中国也曾经提过社会主义现实主义，后来又修改成革命的现实主义和革命的浪漫主义相结合，叫作"两结合"。怎么结合？我在当了右派分子下放劳动期间，忽然悟通了。有一位老作家说了一句话：有没有浪漫主义是个立场问题。我琢磨了一下，是这么一个理儿。你不能写你看到的那样的生活，不能照那样写，你得"浪漫主义"起来，就是写得比实际生活更美一些，更理想一些。我是真诚地相信这条真理的，而且很高兴地认为这是我下乡劳动、思想改造的收获。我在结束劳动后所写的几篇小说：《羊舍一夕》《看水》《王全》以及后来写的《寂寞和温暖》，都有这种"浪漫主义"的痕迹。什么是"革命的现实主义和革命的浪漫主义相结合"？咋"结合"？典型的作品，就是"样板戏"。理论则是"主题先行"、"三突出"。从"两结合"到"主题先行"、"三突出"是历史发展的必然。"主题先行"、"三突出"不是有样板戏之后才有的。"十七年"的不少作品就有这个东西，而其滥觞实为"社会主义现实主义"。我是在样板团工作过的，比较知道一点什么叫两结合，什么是某些人所说的"浪漫主义"，那就是不说真话，专说假话，甚至无中生有，胡编乱造。我们曾按江青的要求写一个内蒙草原的戏，四下内蒙，做了调查访问，结果是"老虎闻鼻烟，没有那八宗事"。我们回来向于会泳做了汇报，说没有那样的生活，于会泳答复说："没有那样的生活更好，你们可以海阔天空。"物极必反。我干了十年样板戏，实在干不下去了。不是有了什么觉悟，而是无米之炊，巧妇难为。没有生活，写不出来，这是最简单不过的事。样板戏实在是把中国文学带上了一条绝径。从某一方面说，这也是好事。十年浩劫，使很多人对一系列问题不得不进行比较彻底的反思，包括四十多年来文学的得失。四人帮倒台后，我真是松了一口气。我可以按照自己的方法写作了。我可以不说假话，我怎么想的，就怎么写。《异秉》《受戒》《大淖记事》等几篇东西就是在摆脱长期的捆绑的情况下写出来的。从这几篇小说里可以感觉出我的鸢飞鱼跃似的快乐。

我写的小说的人和事大都是有一点影子的。有的小说，熟人看了，知道这写的是谁。当然不会一点不走样，总得有些想象和虚构。没有想象和虚构，不成其为文学。纪晓岚是反对小说中加入想象和虚构的。他以为小说里所写的必须是亲眼所见，亲耳所闻：

小说既述见闻，即属叙事，不比戏场关目，

随意装点。

他很不赞成蒲松龄，他说：

> 今嬛昵之词，媟狎之态，细微曲折，摹绘
> 如生。使出自言，似无此理，使出作者代言，
> 则何从而闻见之。

蒲松龄的确喜欢写媟狎之态，而且写得很细微曲折，写多了，令人生厌。但是把这些燕昵之词、媟狎之态都去了，《聊斋》就剩不下多少东西了。这位纪老先生真是一个迂夫子，那样的忠于见闻，还有什么小说呢？因此他的《阅微草堂笔记》实在没有多大看头。不知道鲁迅为什么对此书评价甚高，以为"叙述复雍容淡雅，天趣盎然"。

想象和虚构的来源，还是生活。一是生活的积累，二是长时期的对生活的思考。接触生活，具有偶然性。我写作的题材几乎都是可遇而不可求的。一个作家发现生活里的某种现象，有所触动，感到其中的某种意义，便会储存在记忆里，可以作为想象的种子。我很同意一位法国心理学家的话：所谓想象，其实不过是记忆的重现与复合。完全没有见过的东西，是无从凭空想象的。其次，更重要的是对生活的思索，长期的，断断续续的思索。

井淘三遍吃好水。生活的意义不是一次淘得清的。我有些作品在记忆里存放三四十年。好几篇作品都是一再重写过的。《求雨》的孩子是我在昆明街头亲见的，当时就很感动。他们敲着小锣小鼓所唱的求雨歌：

小小儿童哭哀哀，
撒下秧苗不得栽。
巴望老天下大雨，
乌风暴雨一起来。

　　这不是任何一个作家所能编造得出来的。我曾经写过一篇很短的东西，一篇散文诗，记录了我的感受。前几年我把它改写成一篇小说，加了一个人物，望儿。这样就更具体地表现了中国农村的孩子从小就知道稼穑的艰难，他们用小小的心参与了农田作务，休戚相关。中国的农民从小就是农民，小农民。《职业》原来只写了一个卖椒盐饼子西洋糕的，这个孩子我是非常熟悉的。我改写了几次，始终不满意。到第四次，我才想起先写了文林街上六七种叫卖声音，把"椒盐饼子西洋糕"放在这样背景前面，这样就更苍凉地使人感到人世多苦辛，而对这个孩子过早地失去自由，被职业所固定，感到更大的不平。思索，不是抽象的思索，而是带着对生活的全部感悟，对生活的一角隅、一片段反复审视，从而发现更深邃，更广阔的意义。思索，始终离不开生活。

我是一个极其平常的人。我没有什么深奥独特的思想。年轻时读书很杂。大学时读过尼采、叔本华。我比较喜欢叔本华。后来读过一点萨特，赶时髦而已。我读过一点子部书，有一阵对庄子很迷。但是我感兴趣的是其文章，不是他的思想。我读书总是这样，随意浏览，对于文章，较易吸收；对于内容，不大理会。我大概受儒家思想影响比较大。一个中国人或多或少，总会接受一点儒家的影响。我觉得孔子是个很有人情的人，从《论语》里可以看到一个很有性格的活生生的人。孔子编选了一部《诗经》（删诗），究竟是为了什么？我不认为"国风"和治国平天下有什么关系。编选了这样一部民歌总集，为后代留下这样多的优美的抒情诗，是非常值得感谢的。"国风"到现在依然存在很大的影响，包括它的真纯的感情和回环往复、一唱三叹的形式。《诗经》对许多中国人的性格，产生很广泛的、潜在的作用。"温柔敦厚，诗之教也。"我就是在这样的诗教里长大的。我很奇怪，为什么论孔子的学者从来不把孔子和《诗经》联系起来。

我的小说写的都是普通人，平常事。因为我对这些人事熟悉。

顿觉眼前生意满，

须知世上苦人多。

　　我对笔下的人物是充满同情的。我的小说有一些是写市民层的，我从小生活在一条街道上，接触的便是这些小人物。但是我并不鄙薄他们，我从他们身上发现一些美好的、善良的品行。于是我写了淡泊一生的钓鱼的医生，"涸辙之鲋，相濡以沫"的岁寒三友。我写的人物，有一些是可笑的，但是连这些可笑处也是值得同情的，我对他们的嘲笑不能过于尖刻。我的小说大都带有一点抒情色彩，因此，我曾自称是一个通俗抒情诗人，称我的现实主义为抒情现实主义。我的小说有一些优美的东西，可以使人得到安慰，得到温暖。但是我的小说没有什么深刻的东西。

　　现实主义在历史上是和浪漫主义相对而言的。现代的现实主义的对立面是现代主义。有人说，在中国，所谓现代主义，没有自己的东西，只是模仿西方的现代主义。这没有什么不好。

　　我年轻时受过西方现代主义的影响，也可以说是模仿。后来不再模仿了，因为模仿不了。文化可以互相影响，互相渗透，但是一种文化就是一种文化，没有办法使一种文化和另一种文化完全一样。我在美国几个博物馆看了非洲雕塑，惊奇得不得了。都很怪，可是没有一座不精美。

我这才明白为什么有人说法国现代艺术受了非洲艺术很大的影响。我又发现非洲人搞的那些奇怪的雕塑，在他们看来一点也不奇怪。他们以为雕塑本来就应该是这样，只能是这样，他们对世界的认识就是这样。他们并没有先有一个对事物的理智的、现实的认识，然后再去"变形"、扭曲、夸大、压扁、拉长……他们从对事物的认识到对事物的表现是一次完成的。他们表现的，就是他们所认识的。因此，我觉得法国的一些模仿非洲的现代派艺术也是"假"的。法国人不是非洲人。我在几个博物馆看了一些西洋名画的原作，也看了芝加哥、波士顿艺术馆一些中国名画，比如相传宋徽宗摹张萱的《捣练图》。我深深感到东方的——主要是中国的文化和西方文化绝对不是一回事。中国画和西洋画的审美意识完全不同。中国人插花有许多讲究，瓶与花要配称，横斜敧侧，得花之态。有时只有一截干枝，开一朵铁骨红梅。这种趣味，西方人完全不懂。他们只是用一个玻璃瓶，乱哄哄地插了一大把颜色鲜丽的花。中国画里的折枝花卉，西方是没有的。更不用说墨绘的兰竹。毕加索认为中国的书法是伟大的艺术，但是要叫他分别一下王羲之和王献之，他一定说不出所以然。中国文学要全盘西化，搞出"真"现代派，是不可能的。因为你是中国人，你生活在中国文化的传统里，而这种传统是那样的悠久，那样的无往而不在。你要摆脱它，是办不到的。而且，为什么要摆脱呢？

最最无法摆脱的是语言。一个民族文化的最基本的东西是语言。汉字和汉语不是一回事。中国的识字的人，与其说是用汉语思维，不如说用汉字思维。汉字是象形字。形声字的形还是起很大作用。从木的和从水的字会产生不同的图像。汉字又有平上去入，这是西方文字所没有的。中国作家便是用这种古怪的文字写作的，中国作家对于文字的感觉和西方作家很不相同。中国文字有一些十分独特的东西，比如对仗、声调。对仗，是随时会遇到的。有人说某人用这个字，不用另一个意义相同的字，是"为声俊耳"。声"俊"不"俊"，外国人很难体会，但是作为一个中国作家是不能不注意的。

有一个法国记者到家里来采访我。他准备了很多问题。一上来就说："首先我要问你一个你自己很难回答的问题：你认为你在中国文学里的位置是什么？"我想了一想，说："我大概是一个文体家。""文体家"原本不是一个褒词。伟大的作家都不是文体家。这个概念近些年有些变化。现代小说多半很注重文体。过去把文体和内容是分开的，现在在很多人认为是一回事。我是较早地意识到二者的一致性的。文体的基础是语言。一个作家应该对语言充满兴趣，对语言很敏感，喜欢听人说话。苏州有个老道士，在人家做道场，斜眼看见桌子下面有一双钉靴，他不动声色，在诵念的经文中加了几句，念给小道士听：

> 台子底下，
>
> 有双钉靴。
>
> 拿俚转去，
>
> 落雨着着，
>
> 也是好格。

这种有板有眼，整整齐齐的语言，听起来非常好笑。如果用平常的散文说出来，就毫无意思。我们应该留意：一句话这样说就很有意思，那样说就没有意思。其次要读一点古文。"熟读唐诗三百首"，还是学诗的好办法。我们作文（写小说式散文）的时候，在写法上常常会受古人的某一篇或某几篇的影响，自觉或不自觉。老舍的《火车》写火车着火后的火势，写得那样铺张，没有若干篇古文烂熟胸中，是办不到的。我写了一篇散文《天山行色》，开头第一句：

> 所谓南山者，是一片塔松林。

我自己知道，这样的突兀的句法是从龚定庵的《说居庸关》那里来的。《说居庸关》的第一句是：

居庸关者，古之谈守者之言也。

　　这样的开头，就决定这篇长达一万七千字的散文，处
处有点龚定庵的影子，这篇散文可以说是龚定庵体。文体
的形成和一个作家的文化修养是有关系的。文学和其他
文化现象是相通的。作家应该读一点画，懂得书法。中
国的书法是纯粹抽象的艺术，但绝对是艺术。书法有各
种书体，有很多家，这些又是非常具体的，可以感觉的。
中国古代文人的字大都是写得很好的。李白的字不一定
可靠。杜牧的字写得很好。苏轼、秦观、陆游、范成大
的字都写得很好。宋人文人里字写得差一点的只有司马
光，不过他写的方方正正的楷书也另有一种味道，不俗
气。现代作家不一定要能写好毛笔字，但是要能欣赏书法。
"我虽不善书，知书莫如我"，经常看看书法，尤其是行
草，对于行文的内在气韵，是很有好处的。我是主张"回
到民族传统"的，但是并不拒绝外来的影响。我多少读
了一点翻译作品，不能不受影响，包括思维语言、文体。
我的这篇发言的题目，是用汉字写的，但实在不大像一
句中国话。我找不到更恰当的语言表达我要说的意思。
　　我是沈从文先生的学生，有人问我究竟从沈先生那里
继承了什么。很难说是继承，只能说我愿意向沈先生学
习什么。沈先生逝世后，在他的告别读者和亲友的仪式上，

有一位新华社记者问我对沈先生的看法。在那种场合下，不遑深思，我只说了两点。一、沈先生是一个真诚的爱国主义者；二、他是我见到的真正淡泊的作家，这种淡泊不仅是一种"人"的品德，而且是一种"人"的境界。沈先生是爱中国的，爱得很深。我也是爱我们这个国的。"儿不嫌母丑，狗不厌家贫。"中国尽管有这样那样的问题，这样那样的缺点，但它是我的国家。正如沈先生所说，在任何情况下，都不应丧失信心。我没有荒谬感、失落感、孤独感。我并不反对荒谬感、失落感、孤独感，但是我觉得我们这样的社会，不具备产生这样多的感的条件。如果为了赢得读者，故意去表现本来没有，或者有也不多的荒谬感、失落感和孤独感，我以为不仅是不负责任，而且是不道德的。文学，应该使人获得生活的信心。淡泊，是人品，也是文品。一个甘于淡泊的作家，才能不去抢行情，争座位；才能真诚地写出自己所感受到的那点生活，不耍花招，不欺骗读者。至于文学上我从沈先生继承了什么，还是让评论家去论说吧。我自己不好说，也说不好。

一九八八年八月十六日

呼雷豹

京剧《南阳关》有一句唱词：

尚司徒跨下呼雷豹

旧本《戏考》上是这样写的。小时候看戏，以为尚司徒骑的是一只豹，而且这只豹能够"呼雷"，以为这是个《封神榜》上的人物，虽然戏台上尚司徒只是摇着一根马鞭，看不出他骑的是什么。

十多年前，在内蒙认识一个抗日战争时期在草原打过游击的姓曹的同志，他说起他当时骑的是一匹"豹花马"。后来在草原上他指给我看一匹黑白斑点相杂的马，说："这就是豹花马。"我恍然大悟，"豹花马"的"豹"应该写成"驳"。《辞海》"驳"字条云"马毛色不纯"，引《诗·豳风·东山》："皇驳其马。"毛传："驷白曰驳。"马的毛色不纯，都可叫作驳，不过似乎又专指黑白斑点相杂的马。

有一种鸡，羽毛黑白斑点相杂，很多地方叫它"芦花鸡"，那位姓曹的同志告诉我，内蒙叫"驳花鸡"，可为旁证。那么尚司徒胯下的原是黑白斑点相杂的马，不是金钱豹。"驳"字《辞海》音 bó，读成 bào，只是字调的变化。

为什么叫"呼雷驳"？"呼雷"，即"忽律"，声之转也，"忽律"即鳄鱼（出处偶忘，但我是记得不错的）。《水浒传》的朱贵绰号"旱地忽律"，是说他像一条旱地上的鳄鱼。鳄鱼身上是黑白相杂，斑斑点点的。"呼雷驳"者，有像鳄鱼那样黑白相杂的斑点的马也。

这种马是名马，曾见张大千摹宋人《杨妃上马图》，杨贵妃要骑上去的正是一匹驳花马。

由此想到《三国演义》上关云长骑的"赤兔马"的"兔"，大概也不能照字面解释。马像个兔子，无神骏可言，而且马哪儿都不像兔。曾在内蒙读过一本《内蒙文史资料》，记一个在包头做生意的山西掌柜的，因为急事，骑上他的千里驹"沙力兔"连夜直返太原，"兔"可能是骏马的一种，而且我怀疑"兔"是少数民族语言的译音。

中国古代人善于识马，《说文》《尔雅》多有记载，其区别主要在毛色。现代人对马的知识就很少了。牧区的少数民族还能说出很多马的名称，汉民，即使生活在草原附近的，除了白马、黑马，大概只能说出"黄骠马"、"枣骝马"等等不多的几种。画马的名家如徐悲鸿、尹瘦石、刘勃舒……能够分辨出几种？居住在城市里的青年，能说得出好多汽车的牌号：丰田、福特、奔驰、皇冠，还有一些曲里拐弯很难念的牌号，并且一眼就分得出坐车人的级别；对马的区别，就茫然了。这是时地使然，原无足怪。但是我还是希望精通马道的人能写出一本《中国马谱》，否则读起古本书就很难得其仿佛。载涛[1]想是能写马谱的，可惜他已经故去了。

一九九〇年七月二十七日

---

[1] 载涛：爱新觉罗·溥仪之族叔。

《水浒》人物的绰号

鼓上蚤和拼命三郎

由"旱地忽律"想到《水浒》一百零八将的绰号。

有的绰号是起得很精彩的，很能写出人物的气质风度，很传神，耐人寻味。

如"鼓上蚤时迁"。曾看过一则小资料，跳蚤是世界动物中跳高的绝对冠军，以它的个头和能跳的高度为比例，没有任何动物能赶得上，这是有数据的。当时想把这则资料剪下来，忙乱中丢失了，很可惜。我所以对这则资料感兴趣，是因为当时就想到"鼓上蚤"。跳蚤本来跳得就高，于鼓上跳，鼓有弹性，其高可知。话说回来，谁见过鼓上的跳蚤？给时迁起这个绰号的人的想象力实在令人佩服。

时迁在《水浒》里主要做了三件事：一偷鸡，二盗甲，三火烧翠云楼。偷鸡无足称，虽然这是武丑的开门戏。

写得最精彩的是盗甲。时迁是"神偷"型的人物。中国的市民对于神偷是很崇拜的。凡神偷都有共同的特点,除了身轻、手快,一双锐利的眼睛,更重要的是举重若轻,履险如夷,于间不容发之际能从容不迫。《水浒》写盗甲,一步一步,层次分明,交代清楚。甲到手,时迁"悄悄地开了楼门,款款儿地背着皮匣,下得扶梯,从里面直开到外面来,真是神不知鬼不觉"。"款款地"是不慌不忙的意思,现在山西、张家口还这么说。"款款"下加一"儿"字"款款儿地",更有韵味。火烧翠云楼是打北京城的一大关目,这两回书都写得不精彩,李卓吾评之曰"不济不济"。时迁放火,写得很马虎。不过我小时看石印本绣像《水浒》,时迁在烈焰腾腾的翠云楼最高一层的檐角倒立着——拿起一把顶,印象还是很深刻的。

时迁在《水浒》里要算个人物,但石碣天书却把他排在地煞星的倒数第二,连白日鼠白胜都在他的前面,后面是毫无作为的"金毛犬段景住",这实在是委屈了他。

如"拼命三郎石秀"。"拼命"和"三郎"放在一起,便产生一种特殊的意境,产生一种美感。大郎、二郎都不成,就得是三郎。这有什么道理可说呢?大哥笨、二哥憨,只有老三往往是聪明伶俐的。中国语言往往反映出只可意会的、潜在复杂的社会心理。

拼命三郎不只是不怕死,敢拼命,路见不平,拔刀相助，为朋友两肋插刀，更重要的是说他办事脆快，凡事不干则已，干，就干净利落，绝不拖泥带水。这是个工于心计的人，绝不是莽莽撞撞。看他杀胡道，杀海阇黎、杀潘巧云、杀迎儿，莫不经过详实的调查，周密的安排，刀刀见血，下手无情。这个人给人的印象是未免太狠了一点。

石秀上山后无大作为，只是三打祝家庄探路有功，但《水浒》写得也较平淡，倒是昆曲《探庄》给他一个"单出头"的机会。曾见过侯永奎的《探庄》，黑罗帽，黑箭衣，英气勃勃。侯永奎的嗓子奇高而亮，只是有点左，不大挂味，但演石秀，却很对工。

一九九〇年八月十四日

浪子燕青及其他

"浪子燕青"的"浪子"是一个特定概念，指的是风流浪子。张国宝《罗李郎》杂剧："人都道你是浪子，上长街百十样风流事。"此人一出场，但见：

一

六尺以上身材，二十四五年纪，三牙掩口细髯，十分腰细膀阔。……腰间斜插名人扇，鬓畔常簪四季花。

这个"人物赞"描写如画，在《水浒》诸"赞"之中是上乘。

这人是北京土居人氏，自小父母双亡，卢员外家中养的他大。为见他一身雪练也似白肉，卢俊义叫一个高手匠人，与他刺了这一身遍体花绣，却似玉亭柱上铺着软翠。若赛锦体，由你是谁，都输与他。不则一身好花绣，那人更兼吹的、弹的、唱的、舞的，拆白道字，顶真续麻，无有不能，无有不会。亦是说的诸路乡谈，省的诸行百艺的市语。更且一身本事，无人比的。拿着一张川弩，只用三枝短箭，郊外落牲，并不放空，箭到物落。晚间入城，少杀也有百十个虫蚁。若赛锦标社，那里利物，管取都是他的。亦且此人百伶百俐，道头知尾，本身姓燕，排行第一，官名单讳个青字，京城里人口顺，都叫他做"浪子燕青"。

《水浒》里文身绣体的有两个人。一个是史进，一个是燕青。史进刺的是九纹龙，燕青刺的大概是花鸟。"凤凰踏碎玉玲珑，孔雀斜穿花错落。""玉玲珑"是什么，曾有人考证过，结论勉强。一说玉玲珑是复瓣水仙。总之燕青刺的花是相当复杂的。史进的绣体因为后来不常脱膊，再没有展示的机会。燕青在东岳庙和任原相扑，脱得只剩一条熟绢水裤儿，浑身花绣毕露，赢得众人喝彩，着实地出了风头。

《水浒传》对燕青真是不惜笔墨，前后共用了一篇赋体的赞，一段散文的叙述，一首"沁园春"，一篇七言古风，不厌其烦。如此调动一切手段赞美一个人物，在全书中绝无仅有。看来作者对燕青是特别钟爱的。

写相扑一回，章法奇特。前面写得很铺张，从燕青与宋江谈话，到燕青装作货郎担儿，唱山东货郎转调歌，到和李逵投宿住店，到用扁担劈了任原夸口的粉牌，到众人到客店张看燕青，到燕青游玩岱岳庙，到往迎恩桥看任原，到相扑献台的布置，到太守劝阻燕青，到"部署"再度劝阻，一路写来，曲折详尽，及至正面写到相扑交手，只几句话就交待了。起得铺张，收得干净，确是文章高手。相扑原是"说时迟，那时快"的事，动作本身，没有多少好写。但是《水浒》的寥寥数语却写得十分精彩。

　　……任原看看逼将入来，虚将左脚卖个破绽，燕青叫一声"不要来！"任原却待奔他，被燕青去任原左肋下穿将过去。任原性起，急转身又来拿燕青，被燕青虚跃一跃，又在右肋下钻过去。大汉转身，终是不便，三换换得脚步乱了。燕青却抢将入去，左手扭住任原，探左手插入任原交裆，用肩膊顶住他胸脯，把任原直托将起来，头重脚轻，借力便旋五旋，到献台边，叫一声"下去！"，把任原头在下脚在上，直撺下献台来，这一扑名叫"鹁鸽旋"，数万香官看了，齐声喝彩。

容与堂刻本《水浒传》于此处行边加了一路密圈，看来李卓吾对这段文字也是很欣赏的。这一段描写实可作为体育记者的范本。

燕青不愧是"浪子"。

《水浒》一百零八人多数的绰号并不是很精彩。宋江绰号"呼保义"，不知是什么意思。龚开的画赞称之曰"呼群保义"，近是"增字解经"。他另有个绰号"及时雨"是个比喻，只是名实不符。宋江并没有在谁遇到困难时给人什么帮助，倒是他老是在危难之际得到别人的解救。"黑旋风李逵"的绰号大概起得较早，元杂剧里就有几出以"黑旋风"为题目的，但这个绰号只是说他爱向人多处排头砍去，又生得黑，也形象，但了无余蕴。"霹雳火"

只是说这个人性情急躁。"豹子头"我始终不明白是什么意思。倒是"菜园子张青"虽看不出此人有多大能耐，却颇潇洒。

不过《水浒》能把一百零八人都安上一个绰号，配备齐全，也不容易。

绰号是特定的历史时期的文学现象和社会现象。其盛行大概在宋以后，明以前，即《水浒传》成书之时。宋以前很少听到。明以后不绝如缕，如《七侠五义》里的"黑狐狸智化"，窦尔敦"人称铁罗汉"，但在演义小说中不那么普遍。从文学表现手段（虽然这是末技）和社会心理，主要是市民心理的角度研究一下绰号，是有意义的。

"无事此静坐"

　　我的外祖父治家整饬，他家的房屋都收拾得很清爽，窗明几净。他有几间空房，檐外有几棵梧桐，室内木榻、漆桌、藤椅。这是他待客的地方。但是他的客人很少，难得有人来。这几间房子是朝北的，夏天很凉快。南墙挂着一条横幅，写着五个正楷大字：

　　无事此静坐

　　我很欣赏这五个字的意思。稍大后，知道这是苏东坡的诗，下面的一句是：

　　一日当两日

　　事实上，外祖父也很少到这里来。倒是我常常拿了一本闲书，悄悄走进去，坐下来一看半天。看起来，我小小年纪，就已经有了一点隐逸之气了。

静，是一种气质，也是一种修养。诸葛亮云："非淡泊无以明志，非宁静无以致远。"心浮气躁，是成不了大气候的。静是要经过锻炼的，古人叫作"习静"。唐人诗云："山中习静朝观槿，松下清斋折露葵。""习静"可能是道家的一种功夫，习于安静确实是生活于扰攘的尘世中人所不易做到的。静，不是一味地孤寂，不闻世事。我很欣赏宋儒的诗："万物静观皆自得，四时佳兴与人同。"唯静，才能观照万物，对于人间生活充满盎然的兴致。静是顺乎自然，也是合乎人道的。

世界是喧闹的。我们现在无法逃到深山里去，唯一的办法是闹中取静。毛主席年轻时曾采取了几种锻炼自己的方法，一种是"闹市读书"。把自己的注意力高度集中起来，不受外界干扰，我想这是可以做到的。

这是一种习惯，也是环境造成的。我下放张家口沙岭子农业科学研究所劳动，和三十几个农业工人同住一屋。他们吵吵闹闹，打着马锣唱山西梆子，我能做到心如止水，照样看书、写文章。我有两篇小说，就是在震耳的马锣声中写成的。这种功夫，多年不用，已经退步了，我现在写东西总还是希望有个比较安静的环境，但也不必一定要到海边或山边的别墅中才能构思。

大概有十多年了，我养成了静坐的习惯。我家有一对旧沙发，有几十年了。我每天早上泡一杯茶，点一支烟，坐在沙发里，坐一个多小时。虽是块然独坐，然而浮想连翩。一些故人往事，一些声音、一些颜色、一些语言、一些细节，会逐渐在我的眼前清晰起来，生动起来。这样连续坐几个早晨，想得成熟了，就能落笔写出一点东西。我的一些小说散文，常得之于清晨静坐之中。曾见齐白石一小幅画，画的是淡蓝色的野藤花，有很多小蜜蜂，有颇长的题记，说这是他家山的野藤，花时游蜂无数，他有个孙子曾被蜂螫，现在这个孙子也能画这种藤花了，最后两句我一直记得很清楚："静思往事，如在目底。"这段题记是用金冬心体写的，字画皆极娟好。"静思往事，如在目底"，我觉得这是最好的创作心理状态。就是下笔的时候，也最好心里很平静，如白石老人题画所说："心闲气静时一挥。"

我是个比较恬淡平和的人，但有时也不免浮躁，最近就有点如我家乡话所说"心里长草"。我希望政通人和，使大家能安安静静坐下来，想一点事，读一点书，写一点文章。

一九八九年八月十六日

雁不栖树

苏东坡《卜算子》：

　　缺月挂疏桐，漏断人初静。谁见幽人独往来？缥缈孤鸿影。
　　惊起却回头，有恨无人省。拣尽寒枝不肯栖，寂寞沙洲冷。

　　苕溪渔隐曰："'拣尽寒枝不肯栖'之句，或云：鸿雁未尝栖宿树枝，惟在田野苇丛间，此亦语病也。"雁不落在树上，只在田野苇丛间，这是常识，苏东坡会不知道么？他是知道的。他的诗《高邮陈直躬处士画雁》一开头说："野雁见人时，未起意先改。君从何处看？得此无人态。"虽未说出雁出何处，但给人的感觉是在沙滩上。下面就说得很清楚了："北风振枯苇，微雪落璀璀。惨澹云水昏，晶荧沙砾碎。"然而苏东坡怎么会搞出这样语病来呢？

这首词的副题作"黄州定慧院寓居作"。"缺月挂疏桐，漏断人初静"，是庭院中的即景。这只孤雁怎会在缺月疏桐之间飞来飞去呢？或者说：雁想落在疏桐的寒枝上，但又觉得不是地方，想回到沙洲，沙洲又寂寞而冷，于是很彷徨。不过这样解词未免穿凿。一首看来没有问题，很好懂的词竟成了谜语，这是我初读此词时所未想到的。

《能改斋漫录卷十六》："东坡先生居黄州，作卜算子云云，其属意盖为王氏女子也，读者不能解。"这里似乎还有个浪漫故事。是怎么回事，猜不出。《漫录》又云"张右史文潜继贬黄州，访潘邠老，当得其详，题诗以志之"，读张文潜的题诗，更觉得莫名其妙。

雁为什么不能栖在树上？因为雁的脚趾是不能弯曲的，抓不住树枝。雁、鹅、鸭都是这样。不能"赶着鸭子上架"，因为鸭脚在架上待不住。鸟类的脚趾有一些是不能弯曲的。画眉可以待在"栖棍"上，百灵就不能，只能在砂地上跳来跳去，"哨"的时候也只能立在"台"上。

辛未年正月初四

老学闲抄

皇帝的诗

我的家乡高邮是个泽国，经常闹水灾。境内有高邮湖，往来旅客，多于湖边泊船，其中不乏骚人墨客，写了一些诗。高邮县政协盂城诗社寄给我一册《珠湖吟集》，是历代写高邮湖的。我翻看了一遍，不外是写湖上风景、水产鱼虾，写旅兴或旅愁，很少涉及人民生活的，大都无甚深意，没有什么分量。看多了有喝了一肚子白开水之感。奇怪的是，写得很有分量的，倒是两位清朝皇帝的诗。一首是康熙的，一首是乾隆的，录如下：

> 康熙　高邮湖见居民田庐多在水中因询其故恻然念之

> 淮扬罹水灾，流波常浩浩。

龙舰偶经过，一望类洲岛。
田亩尽沉沦，舍庐半倾倒。
茕茕赤子民，凄凄卧深潦。
对之心惕然，无策施襁褓。
夹岸罗黔首，跽陈进耆老。
咨诹不厌烦，利弊细探讨。
饥寒或有由，良惭奉苍颢。
古人念一夫，何况睹枯槁。
凛凛夜不寐，忧勤恳如捣。
亟图浚治功，极济须及早。
今当复故业，咸令乐怀保。

乾隆　高邮湖

淮南古泽国，高邮更巨浸。
诸湖率汇兹，万顷波容任。
洒火含阴精，孕珠符祥谶。
堤岸高于屋，居民疑地窖。
嗟我水乡民，生计惟罟罧。
菱芡佐饔飧，舴艋待用赁。
其乐实未见，其艰亦已甚。

乾隆这首诗写得真切沉痛，和刻在许多名胜古迹的御碑上的满篇锦绣珠玑的七言律诗或绝句很不相同。"其乐实未见，其艰亦已甚"，慨乎言之，不啻是在载酒的诗翁的悠然的脑袋上敲了一棒。比较起来，康熙的一首写得更好一些，无雕饰，无典故，明白如话。难得的是民生的疾苦使一位皇帝内心感到惭愧。"凛凛夜不寐，忧勤悬如捣"虽然用的是成句，但感情是真挚的。这种感情不是装出来的，他没有必要装，装也装不出来。

　　康熙和乾隆都是有作为的皇帝。他们的几次南巡，背景和目的是什么，我没有考察过，但绝不只是游山玩水，领略南方的繁华佳丽（不完全排除这因素）。我想体察民风，俾知朝政之得失，是其缘由之一。他们真是做到了"深入群众"了，尤其是康熙。他们的关心民瘼，最终的目的，当然还是为了维持和巩固其统治。这也没有什么不好。他们知道，脱离人民，其统治是不牢固的。他们不只是坐在宫里看报告（奏折），要亲自下来走一走。关心民瘼，不只在嘴上说说，要动真感情。因此，我们在两三百年之后读这样的诗，还是很感动。

　　我希望我们的领导人也能读一点这样的诗。

诗用生字

《对床夜语》（宋·范晞文撰）卷五：

> 诗用生字，自是一病，苟欲用之，要使一句之意，尽于此字上见工，方为稳帖。如唐人"走月逆行云"、"芙蓉抱香死"、"笠卸晓峰阴"、"秋雨慢琴弦"、"松凉夏健人"，"逆"字、"抱"字、"卸"字、"慢"字、"健"字，皆生字也，自下得不觉。

此言是也。

前几年有几位很有才华的年轻的作家很注意在语言上下功夫，炼字炼句，刻意求工，往往用一些怪字，使人有生硬之感。有人说，这是炼得太过了。我原先也是这样想。最近想想，觉得不是炼得太过，而是炼得还不够。如果再炼炼，就会由生入熟，本来是生字，读起来却像是熟字，"自下得不觉"。

炼字可以临时炼，对着稿纸，反复捉摸，要找一个恰当而不俗的字。但更重要的是平时的"发现"。阿城的小说里写：老鹰在天上移来移去。这写得好。鹰在高空，全不见翅膀动，只是"移来移去"。这个感觉抓得很准。

"炼"字，无非是抓到了一种感觉。一个作家所异于常人者，也无非是对"现象"更敏感些。阿城的"移来移去"的印象，我想是早就有了，不是对着稿纸苦思出来的。

最好还是用常见的字，使之有新意。姜白石说："人所难言，我易言之，人所常言，我寡言之，自不俗。"我之所言，也还是人之所言，不是凭空杜撰出来的。"数峰清苦，商略黄昏雨"，此境人不易到，然而"清苦"、"商略"，固是平常的话也。阿城的"移来移去"，"移"字也是平常的字。

毛泽东用乡音押韵

毛主席的诗词大体上押的是"平水韵"[1]，《西江月·井冈山》是个例外。

> 山下旌旗在望，山头鼓角相闻。敌军围困万千重，我自岿然不动。 早已森严壁垒，更加众志成城。黄洋界上炮声隆，报道敌军宵遁。

---

[1] "平水韵"原为金代官韵书，供科举考试之用，因为在平水刊行，故名。明清以来作"近体诗"者多以"平水韵"为依据，沿用至今。

这首词押的不是"平水韵"。当然也不是押的北方通俗韵文所用的"十三辙"。如果用听惯"十三辙"的耳朵来听，就会觉得不很协韵，"闻"、"重"、"动"、"城"、"隆"、"遁"，怎么能算是一道韵呢？这不是"中东"、"人辰"相混么？稍一捉摸，哦，这首词是照湖南话押的韵。照湖南话，"重"音 chen，"动"音 den，"城"音 chen，"隆"音 len，"遁"音 den，其韵尾都是 en，正是一道韵。用湖南话读起来会觉得非常和谐。在战争环境里，无韵书可查，毛主席用湖南话押韵大概是不知不觉的。

　　毛西河说："词本无韵。"不是说词可以不押韵，而是说既没有官颁的韵书可遵循，也不像写北曲似的要以具有权威性的"中原音韵"为依据，可以比较自由。好像没有听说过谁编过一本"词韵"。张玉田谓"词以协律，当以口舌相调"，即只能靠读或唱起来的感觉来决定。既然如此，填词的人在笔下流出自己的乡音，便是很自然的事。

　　中国语音复杂，不可能定出一本全国通行，能够适合南北各地的戏曲、曲艺的"官韵"。北方戏，曲种大部分依照"十三辙"。但即是"十三辙"也很麻烦，山西话把"人辰"都读成了"中东"。京剧这两道辙也常相混，京剧演员，尤其是老生，认为"中东唱人辰，怎么唱也不丢人"。看来只有"以口舌相调"，凭感觉。现在写戏曲、曲艺，写新诗（如果押韵）乃至填词，只能用鲁迅主张的办法：押大致相同的韵。写"近体诗"的如果愿意恪守"平水韵"，自然也随便。

作家应当是通人

　　钱锺书先生说他这些年在中西文学方面所做的工作不是"比较"，而是"打通"。我很欣赏"打通"说。

　　有一种说法我一直不理解：越是民族的就越是世界的。我认为这句话不合逻辑，虽然这话最初好像是鲁迅说的。鲁迅的原意我不明白。现在老是强调这句话的中老年作家的意思我倒是明白的。无非是说只有他们的作品是最民族的，因此也是最世界的，最好的。别的，都不行。

　　我很不赞成一些老先生或半老的先生对青年作家的指责，说他们盲目模仿西方文学。说有些东西在西方已经过时了，青年作家还当作宝贝捡起来。我觉得模仿西方并没有什么不好。我们年轻时还不都是这样过来的？有些东西不是那样容易过时，比如意识流。普鲁斯特、弗吉尼·沃尔芙的作品现在还有人看，怎么就过时了呢？

　　我们很需要有人做中西文学的打通工作。现在有人不是在打通，而是在设障。

还需要另外一种打通，即古典文学和当代创作之间的打通。现在是有些教古典文学的教授几乎不看任何现代文学作品，从古典到古典。当代作家相当多只看当代作品。从当代到当代，这种现象对两方面都不利。

还要有一种打通：古典文学、当代文学和民间文学之间的打通。这三者之间本来是可以相通的。我在湖南桑植读到过一首民歌：

> 姐的帕子白又白，你给小郎分一截，
> 小郎拿到走夜路，好比天上蛾眉月。

我当时立刻就想到王昌龄的《长信宫词》：

> 玉颜不及寒鸦色，犹带昭阳日影来。

两者想象的奇绝超迈有相似处。另有一首傣族民歌：

> 斧头砍过的再生树，战争留下的孤儿。

这是不是像现代派的诗？
一个当代的中国作家应该是一个通人。

七十书怀

六十岁生日，我曾经写过一首诗：

冻云欲湿上元灯，
漠漠春阴柳未青。
行过玉渊潭畔路，
去年残叶太分明。

这不是"自寿"，也没有"书怀"，"即事"而已。
六十岁生日那天一早，我按惯例到所居近处的玉渊潭遛了
一个弯，所写是即目所见。为什么提到上元灯？因为我
的生日是旧历的正月十五。据说我是日落酉时建生，那
么正是要"上灯"的时候。沾了元宵节的光，我的生日
总不会忘记。但是小时不做生日，到了那天，我总是鼓
捣一个很大的，下面安四个轱辘的兔子灯，晚上牵了自
制的兔子灯，里面插了蜡烛，在家里厅堂过道里到处跑，

有时还要牵到相熟的店铺中去串门。我没有"今天是我的生日"的意识，只是觉得过"灯节"（我们那里把元宵叫作"灯节"）很好玩。十九岁离乡，四方漂泊，过什么生日！后来在北京安家，孩子也大了，家里人对我的生日渐渐重视起来，到了那天，总得"表示"一下。尤其是我的孙女和外孙女，她们对我的生日比别人更为热心，因为那天可以吃蛋糕。六十岁是个整寿，但我觉得无所谓。诗的后两句似乎有些感慨，因为这时"文化大革命"过去不久，容易触景生情，但是究竟有什么感慨，也说不清。那天是阴天，好像要下雪，天气其实是很舒服的，诗的前两句隐隐约约有一点喜悦。总之，并不衰瑟，更没有过一年少一年这样的颓唐的心情。

一晃，十年过去了，我七十岁了。七十岁生日那天写了一首《七十书怀出律不改》：

> 悠悠七十犹耽酒，
> 唯觉登山步履迟。
> 书画萧萧余宿墨，
> 文章淡淡忆儿时。
> 也写书评也作序，
> 不开风气不为师。
> 假我十年闲粥饭，

未知留得几囊诗。

这需要加一点注解。

中国人的平均寿命比以前增高多了。我记得小时候看家里大人和亲戚，过了五十，就是"老太爷"了。我祖父六十岁生日，已经被称为"老寿星"。"人生七十古来稀"，现在七十岁不算稀奇了。不过七十总是个"坎儿"。不知从什么时候起，别人对我的称呼从"老汪"改成了"汪老"。我并无老大之感。但从去年下半年，我一想我再没有六十几了，不免有一点紧张。我并不太怕死，但是进入七十，总觉得去日苦多，是无可奈何的事。所幸者，身体还好。去年年底，还上了一趟武夷山。武夷山是低山，但总是山。我一度心肌缺氧，一般不登山。这次到了武夷绝顶仙游，没有感到心脏有负担。看来我的身体比前几年还要好一些，再工作几年，问题不大。当然，上山比年轻人要慢一些。因此，去年下半年偶尔会有的紧张感消失了。

我的写字画画本是遣兴自娱而已，偶尔送一两件给熟朋友。后来求字求画者渐多。大概求索者以为这是作家的字画，不同于书家画家之作，悬之室中，别有情趣耳，其实，都是不足观的。我写字画画，不暇研墨，只用墨汁。写完画完，也不洗砚盘色碟，连笔也不涮。下次再写、再画，加一点墨汁。"宿墨"是记实。今年（一九九〇）一

· 233 ·

月十五日，画水仙金鱼，题了两句诗：

> 宜入新春未是春，
>
> 残笺宿墨隔年人。

这幅画的调子是灰的，一望而知用的是宿墨。用宿墨，只是懒，并非追求一种风格。

有一个文学批评用语我始终不懂是什么意思，叫作"淡化"。淡化主题、淡化人物、淡化情节，当然，最终是淡化政治。"淡化"总是不好的。我是被有些人划入淡化一类了的。我所不懂的是：淡化，是本来是浓的，不淡的，或应该是不淡的，硬把它化得淡了。我的作品确实是比较淡的，但它本来就是那样，并没有经过一个"化"的过程。我想了想，说我淡化，无非是说没有写重大题材，没有写性格复杂的英雄人物，没有写强烈的、富于戏剧性的矛盾冲突。但这是我的生活经历，我的文化素养，我的气质所决定的。我没有经历过太多的波澜壮阔的生活，没有见过咤叱风云的人物，你叫我怎么写？我写作，强调真实，大都有过亲身感受，我不能靠材料写作。我只能写我所熟悉的平平常常的人和事，或者如姜白石所说"世间小儿女"。我只能用平平常常的思想感情去了解他们，用平平常常的方法表现他们。这结果就是淡。但是"你不能改变我"，我就是这样，谁也不能下命令叫我照另外一种样子去写。我想照你说的那样去写，也办不到。除非把我回一次炉，重新生活一次。我已经七十岁了，回炉怕是很难。前年《三月风》杂志发表我一篇随笔，请丁聪同志画了我一幅漫画头像，编辑部要我自己题几句话，题了四句诗：

> 近事模糊远事真，
> 双眸犹幸未全昏。
> 衰年变法谈何易，
> 唱罢莲花又一春。

《绣襦记》《教歌》两个叫花子唱的"莲花落"有句"一年春尽又是一年春"，我很喜欢这句唱词。七十岁了，只能一年又一年，唱几句莲花落。

《七十书怀出律不改》，"出律"指诗的第五六两句失粘，并因此影响最后两句平仄也颠倒了。我写的律诗往往有这种情况，五六两句失粘。为什么不改？因为这是我要说的主要两句话，特别是第六句，所书之怀，也仅此耳。改了，原意即不妥帖。

我是赞成作家写评论的，也爱看作家所写的评论。说实在的，我觉得评论家所写的评论实在有点让人受不了。

结果是作法自毙。写评论的差事有时会落到我的头上。我认为评论家最让人受不了的，是他们总是那样自信。他们像我写的小说《鸡鸭名家》里的陆长庚一样，一眼就看出这只鸭是几斤几两，这个作家该打几分。我觉得写评论是非常冒险的事：你就能看得那样准？我没有这样的自信。

人到一定岁数，就有为人写序的义务。我近年写了一些序。去年年底就写了三篇，真成了写序专家。写序也很难，主要是分寸不好掌握，深了不是，浅了不是。像周作人写序那样，不着边际，是个办法。但是，一、我没有那样大的学问；二、丝毫不涉及所序的作品，似乎有欠诚恳。因此，临笔踌躇，煞费脑筋。好像是法郎士说过："关于莎士比亚，我所说的只是我自己。"写书评、写序，实际上是写写书评、写序的人自己。借题发挥，拿别人来"说事"，当然不太好，但是书评和序里总会流露出本人的观点，本人的文学主张。我不太希望我的观点、主张被了解，愿意和任何人保持一定的距离；但是自设屏障，拒人千里，把自己藏起来，完全不让人了解，似也不必。因此，"也写书评也作序"。

"不开风气不为师"，是从龚定庵的诗里套出来的。龚定庵的原句是："但开风气不为师。"龚定庵的诗貌似谦虚，实很狂傲。——龚定庵是谦虚的人么？但是龚定庵是有资格说这个话的。他确实是个"开风气"的。他的带有浓烈的民主色彩的个性解放思想撼动了一代人，他的宗法公羊家的奇崛矫矢的文体对于当时和后代都起了很大的影响。他的思想不成体系，不立门户，说是"不为师"倒也是对的。近四五年，有人说我是这个那个流派的始作俑者，这很出乎我的意外。我从来没有想到提倡什么，我绝无"来吾导乎先路也"的气魄，我只是"悄没声地"自己写一点东西而已。有一些青年作家受了我的影响，甚至有人有意地学我，这情况我是知道的。我要诚恳地对这些青年作家说：不要这样。第一，不要"学"任何人。第二，不要学我。我希望青年作家在起步的时候写得新一点，怪一点，朦胧一点，荒诞一点，狂妄一点，不要过早地归于平淡。三四十岁就写得很淡，那，到我这样的年龄，怕就什么也没有了。这个意思，我在几篇序文中都说到，是真话。

看相的说我能活九十岁，那太长了！不过我没有严重的器质性的病，再对付十年，大概还行。我不愿当什么"离休干部"，活着，就还得做一点事。我希望再出一本散文集，一本短篇小说集，把《聊斋新义》写完，如有可能，把酝酿已久的长篇历史小说《汉武帝》写出来。这样，就差不多了。

七十书怀，如此而已。

一九九〇年二月二十四日

美在众人反映中

　　用文字来为人物画像，是吃力不讨好的事情。中外小说里的人物肖像都不精彩。中国通俗演义的"美人赞"都是套话。即《红楼梦》亦不能免。《红楼梦》写凤姐，极生动，但写其出场时之相貌："一双丹凤三角眼，两弯柳叶吊梢眉"，实在不美。一种办法是写其神情意态。《古诗为焦仲卿妻作》具体地写了焦仲卿妻的容貌装饰，给人印象不深，但"纤纤作细步，精妙世无双"却使人不忘。"行到中庭数花朵，蜻蜓飞上玉搔头"，不写容貌如何，而其人之美自见。另一种办法，是不直接写本人，而写别人看到后的反映，使观者产生无边的想象。希腊史诗《伊里亚特》里的海伦王后是一个绝世的美人，她的美貌甚至引起一场战争，但这样的绝色是无法用语言描绘的，荷马在叙述时没有形容她的面貌肢体，只是用相当多的篇幅描述了看到海伦的几位老人的惊愕。用的就是这种办法。汉代乐府《陌上桑》写罗敷之美：

> 行者见罗敷，下担捋髭须。
>
> 少年见罗敷，脱帽著帩头。
>
> 耕者忘其犁，锄者忘其锄。
>
> 来归相怨怒，但坐观罗敷。

用的也是这种办法，虽然这不免有点喜剧化，不那么诚实（《陌上桑》本身是一个喜剧。是娱乐性的唱段）。

释迦牟尼是一个美男子，威仪具足，非常能摄人。诸经都载他具三十二"相"，七十（或八十）"种"好，《释迦谱》对三十二"相"有详细具体的记载，从他的脚后跟一直写到眼睛的颜色。但是只觉其烦琐啰唆，不让人产生美感。七十"种"好我还未见到都是什么，如有，只有更加啰唆。《佛本行经·瓶沙王问事品》（朱凉州沙门释宝云译），写释迦牟尼入王舍城，写得很铺张（佛经描叙往往不厌其烦），没有用这种开清单的办法，正是从众人的反映中写出释迦牟尼之美，摘引如下：

> ……
>
> 见太子体相，功德耀巍巍。
>
> 所服寂灭衣，色应清净行。
>
> 人民皆愕然，扰动怀欢喜。
>
> 熟观菩萨形，眼睛如系著。

聚观是菩萨，其心无厌极。

宿界功德备，众相悉具足。

犹如妙芙蓉，杂色千种藕。

众人往自观，如蜂集莲华。

……

抱上婴孩儿，口皆放母乳。

熟视观菩萨，忘不还求乳。

举城中人民，皆共竞欢喜。

　　这写得实在很生动。"众人往自观，如蜂集莲华（花）"，比喻极新鲜。尤其动人的是："抱上婴孩儿，口皆放母乳，熟视观菩萨，忘不还求乳"，真是亏他想得出！这不但是美，而且有神秘感。在世界文学中，我还没见到过写婴孩对于美的感应有如此者！

　　这种方法至少已有两千年的历史，是一个老方法了。但是方法无新旧，问题是一要运用得巧妙自然，不落痕迹，不能让人一眼就看出这是从什么地方学来的；二是方法，要以生活和想象做基础的。上述婴儿为美所吸引，没有生活中得来的印象和活泼的想象，是写不出来的。我们在当代作品中还时常可以看到这种方法的灵活运用，不绝如缕。

　　　　　　　　　　　　　一九九一年三月二十六日

多年父子成兄弟

这是我父亲的一句名言。

父亲是个绝顶聪明的人。他是画家，会刻图章，画写意花卉。图章初宗浙派，中年后治汉印。他会摆弄各种乐器，弹琵琶，拉胡琴，笙箫管笛，无一不通。他认为乐器中最难的其实是胡琴，看起来简单，只有两根弦，但是变化很多，两手都要有功夫。他拉的是老派胡琴，弓子硬，松香滴得很厚——现在拉胡琴的松香都只滴了薄薄的一层。他的胡琴音色刚亮。胡琴码子都是他自己刻的，他认为买来的不中使。他养蟋蟀，养金铃子。他养过花，他养的一盆素心兰在我母亲病故那年死了，从此他就不再养花。我母亲死后，他亲手给她做了几箱子冥衣——我们那里有烧冥衣的风俗。按照母亲生前的喜好，选购了各种花素色纸做衣料，单夹皮棉，四时不缺。他做的皮衣能分得出小麦穗、羊羔、灰鼠、狐肷。

父亲是个很随和的人，我很少见他发过脾气，对待子女，从无疾言厉色。他爱孩子，喜欢孩子，爱跟孩子玩，带着孩子玩。我的姑妈称他为"孩子头"。春天，不到清明，他领一群孩子到麦田里放风筝。放的是他自己糊的蜈蚣（我们那里叫"百脚"），是用染了色的绢糊的。放风筝的线是胡琴的老弦。老弦结实而轻，这样风筝可笔直地飞上去，没有"肚儿"。用胡琴弦放风筝，我还未见过第二人。清明节前，小麦还没有"起身"，是不怕践踏的，而且越踏会越长得旺。孩子们在屋里闷了一冬天，在春天的田野里奔跑跳跃，身心都极其畅快。他用钻石刀把玻璃裁成不同形状的小块，再一块一块逗拢，接缝处用胶水粘牢，做成小桥、小亭子、八角玲珑水晶球。桥、亭、球是中空的，里面养了金铃子。从外面可以看到金铃子在里面自在爬行，振翅鸣叫。他会做各种灯。用浅绿透明的"鱼鳞纸"扎了一只纺织娘，栩栩如生。用西洋红染了色，上深下浅的通草做花瓣，做了一个重瓣荷花灯，真是美极了。用小西瓜（这是拉秧的小瓜，因其小，不中吃，叫作"打瓜"或"笃瓜"）上开小口挖净瓜瓤，在瓜皮上雕镂出极细的花纹，做成西瓜灯。我们在这些灯里点了蜡烛，穿街过巷，邻居的孩子都跟过来看，非常羡慕。

父亲对我的学业是关心的，但不强求。我小时，国文成绩一直是全班第一。我的作文，时得佳评，他就拿出去到处给人看。我的数学不好，他也不责怪，只要能及格，就行了。他画画，我小时也喜欢画画，但他从不指点我。他画画时，我在旁边看，其余时间由我自己乱翻画谱，瞎抹。我对写意花卉那时还不太会欣赏，只是画一些鲜艳的大桃子，或者我从来没有见过的瀑布。我小时字写得不错，他倒是给我出过一点主意。在我写过一阵《圭峰碑》和《多宝塔碑》以后，他建议我写写《张猛龙碑》。这建议是很好的，到现在我写的字还有《张猛龙碑》的影响。我初中时爱唱戏，唱青衣，我的嗓子很好，高亮甜润。在家里，他拉胡琴，我唱。我的同学有几个能唱戏的。学校开同乐会，他应我的邀请，到学校去伴奏。几个同学都只是清唱。有一个姓费的同学借到一顶纱帽，一件蓝官衣，扮起来唱《朱砂井》，但是没有配角，没有衙役，没有犯人，只是一个赵廉，摇着马鞭在台上走了两圈，唱了一段"郿坞县在马上心神不定"，便完事下场。父亲那么大的人陪着几个孩子玩了一下午，还挺高兴。我十七岁初恋，暑假里，在家写情书，他在一旁瞎出主意。我十几岁就学会了抽烟喝酒。他喝酒，给我也倒一杯。抽烟，一次抽出两根他一根我一根。他还总是先给我点上火。我们的这种关系，他人或以为怪。父亲说："我们是多年父子成兄弟。"

我和儿子的关系也是不错的。我戴了"右派分子"的帽子下放张家口农村劳动，他那时还从幼儿园刚毕业，刚刚学会汉语拼音，用汉语拼音给我写了第一封信。我也只好赶紧学会汉语拼音，好给他写回信。"文化大革命"期间，我被打成"黑帮"，关进"牛棚"。偶尔回家，孩子们对我还是很亲热。我的老伴告诫他们"你们要和爸爸'划清界限'"，儿子反问母亲："那你怎么还给他打酒？"只有一件事，两代之间，曾有分歧。他下放山西忻县"插队落户"。按规定，春节可以回京探亲。我们等着他回来。不料他同时带回了一个同学。他这个同学的父亲是一位正受林彪迫害，搞得人囚家破的空军将领。这个同学在北京已经没有家。按照大队的规定是不能回北京的。但是这孩子很想回北京，在一伙同学的秘密帮助下，我的儿子就偷偷地把他带回来了。他连"临时户口"也不能上，是个"黑人"，我们留他在家住，等于"窝藏"了他。公安局随时可以来查户口，街道办事处的大妈也可能举报。当时人人自危，自顾不暇，儿子惹了这么一个麻烦，使我们非常为难。我和老伴把他叫到我们的卧室，对他的冒失行为表示很不满，我责备他："怎么事前也不和我们商量一下！"我的儿子哭了，哭得很委屈，很伤心。我们当时立刻明白了：他是对的，我们是错的。我们这种怕担干系的思想是庸俗的。我们对儿子和同学之间的义气缺乏理解，对他的感情不够尊重。他的同学在我们家一直住了四十多天，才离去。

对儿子的几次恋爱，我采取的态度是"闻而不问"。

了解，但不干涉。我们相信他自己的选择，他的决定。最后，他悄悄和一个小学时期女同学好上了，结了婚。有了一个女儿，已近七岁。

　　我的孩子有时叫我"爸"，有时叫我"老头子！"连我的孙女也跟着叫。我的亲家母说这孩子"没大没小"。我觉得一个现代化的，充满人情味的家庭，首先必须做到"没大没小"。父母叫人敬畏，儿女"笔管条直"，最没意思。

　　儿女是属于他们自己的。他们的现在，和他们的未来，都应由他们自己来设计。一个想用自己理想的模式塑造自己的孩子的父亲是愚蠢的，而且，可恶！另外，作为一个父亲，应该尽量保持一点童心。

一九九〇年九月一日

随遇而安

我当了一回右派，真是三生有幸。要不然我这一生就更加平淡了。

我不是一九五七年打成右派的，是一九五八年"补课"补上的，因为本系统指标不够。划右派还要有"指标"，这也有点奇怪。这指标不知是一个什么人所规定的。

一九五七年我曾经因为一些言论而受到批判，那是作为思想问题来批判的。在小范围内开了几次会，发言都比较温和，有的甚至可以说很亲切。事后我还是照样编刊物，主持编辑部的日常工作，还随单位的领导和几个同志到河南林县调查过一次民歌。那次出差，给我买了一张软席卧铺车票，我才知道我已经享受"高干"待遇了。第一次坐软卧，心里很不安。我们在洛阳吃了黄河鲤鱼，随即到林县的红旗渠看了两三天。凿通了太行山，把漳河水引到河南来，水在山腰的石渠中活活地流着，很叫人感动。收集了不少民歌。有的民歌很有农民式的浪漫主义的想象，如想到将来渠里可以有"水猪"、"水羊"，想到将来少男少女都会长得很漂亮。上了一次中岳嵩山。这里运载石料的交通工具主要是用人力拉的排子车，特别处是在车上装了一面帆，布帆受风，拉起来轻快得多。帆本是船上用的，这里却施之陆行的板车上，给我十分新鲜的印象。我们去的时候正是桐花盛开的季节，漫山遍野摇曳着淡紫色的繁花，如同梦境。从林县出来，有一条小河。河的一面是峭壁，一面是平野，岸边密植杨柳，河水清澈，沁人心脾。我好像曾经见过这条河，以后还会看到这样的河。这次旅行很愉快，我和同志们也相处得很融洽，没有一点隔阂，一点别扭。这次批判没有使我觉得受了伤害，没有留下阴影。

一九五八年夏天，一天（我这人很糊涂，不记日记，许多事都记不准时间），我照常去上班，一上楼梯，过道里贴满了围攻我的大字报。要拔掉编辑部的"白旗"，措辞很激烈，已经出现"右派"字样。我顿时傻了。运动，都是这样：突然袭击。其实背后已经策划了一些日子，开了几次会，做了充分的准备，只是本人还蒙在鼓里，什么也不知道。这可以说是暗算。但愿这种暗算以后少来，这实在是很伤人的。如果当时量一量血压，一定会猛然增高。我是有实际数据的。"文化大革命"中我一天早上看到一批侮辱性的大字报，到医务所量了量血压，低压

110，高压 170。平常我的血压是相当平稳正常的，90—130。我觉得卫生部应该发一个文件：为了保障人民的健康，不要再搞突然袭击式的政治运动。

开了不知多少次批判会。所有的同志都发了言。不发言是不行的。我规规矩矩地听着，记录下这些发言。这些发言我已经完全都忘了，便是当时也没有记住，因为我觉得这好像不是说的我，是说的另外一个别的人，或者是一个根本不存在的，假设的，虚空的对象。有两个发言我还留下印象。我为一组义和团故事写过一篇读后感，题目是《仇恨·轻蔑·自豪》。这位同志说："你对谁仇恨？轻蔑谁？自豪什么？"我发表过一组极短的诗，其中有一首《早春》，原文如下：

（新绿是朦胧的，飘浮在树杪，完全不像
是叶子……）

远树绿色的呼吸。

批判的同志说：连呼吸都是绿的，你把我们的社会主义社会污蔑到了什么程度？！听到这样的批判，我只有停笔不记，愣在那里。我想辩解两句，行么？当时我想：鲁迅曾说费厄泼赖应该缓行，现在本来应该到了可行的时候，但还是不行。中国大概永远没有费厄的时候。所谓"大辩论"其实是"大辩认"，他辩你认。稍微辩解，便是"态度问题"。态度好，问题可以减轻；态度不好，加重。问题是问题，态度是态度，问题大小是客观存在，怎么能因为态度如何而膨大或收缩呢？许多错案都是因为本人为了态度好而屈认，而造成的。假如再有运动（阿弥陀佛，但愿真的不再有了），对实事求是、据理力争的同志应予表扬。

开了多次会，批判的同志实在没有多少可说的了。那两位批判"仇恨·轻蔑·自豪"和"绿色的呼吸"的同志当然也知道这样的批判是不能成立的。批判"绿色的呼吸"的同志本人是诗人，他当然知道诗是不能这样引申解释的。他们也是没话找话说，不得已。我因此觉得开批判会对被批判者是过关，对批判者也是过关。他们也并不好受。因此，我当时就对他们没有怨恨，甚至还有点同情。我们以前是朋友，以后的关系也不错。我记下这两个例子，只是说明批判是一出荒诞戏剧，如莎士比亚说，所有的上场的人都只是角色。

我在一篇写右派的小说里写过："写了无数次检查，听了无数次批判，……她不再觉得痛苦，只是非常的疲倦。她想：定一个什么罪名，给一个什么处分都行，只求快一点，快一点过去，不要再开会，不要再写检查。"这是我的亲身体会。其实，问题只是那一些，只要写一次检查，开一次会，甚至一次会不开，就可以定案。但是不，非得开够了"数"不可。原来运动是一种疲劳战术，非得把人搞得极度疲劳，身心交瘁，丧失一切意志，瘫软在地上不可。我写了多次检查，一次比一次更没有内容，更不深刻，但是我知道，就要收场了，因为大家都累了。

结论下来了：定为一般右派，下放农村劳动。

我当时的心情是很复杂的。我在那篇写右派的小说里写道："……她带着一种奇怪的微笑。"我那天回到家里，见到爱人说，"定成右派了"，脸上就是带着这种奇怪的微笑的。我也不知道我为什么要笑。

我想起金圣叹。金圣叹在临刑前给人写信，说："杀头，至痛也，而圣叹于无意中得之，亦奇。"有人说这不可靠。金圣叹给儿子的信中说"字谕大儿知悉，花生米与豆腐干同嚼，有火腿滋味"，有人说这更不可靠。我以前也不大相信，临刑之前，怎能开这种玩笑？现在，我相信这是真实的。人到极其无可奈何的时候，往往会生出这种比悲号更为沉痛的滑稽感，鲁迅说金圣叹"化屠夫的凶残为一笑"，鲁迅没有被杀过头，也没有当过右派，他没有这种体验。

另一方面，我又是真心实意地认为我是犯了错误，是有罪的，是需要改造的。我下放劳动的地点是张家口沙岭子。离家前我爱人单位正在搞军事化，受军事训练，她不能请假回来送我。我留了一个条子："等我五年。等我改造好了回来。"就背起行李，上了火车。

右派的遭遇各不相同，有幸有不幸。我这个右派算是很幸运的，没有受多少罪。我下放的单位是一个地区性的农业科学研究所。所里有不少技师、技术员，所领导对知识分子是了解的，只是在干部和农业工人的组长一级介绍了我们的情况（和我同时下放到这里的还有另外几个人），并没有在全体职工面前宣布我们的问题。不少农业工人（也就是农民）不知道我们是来干什么的，只说是毛主席叫我们下来锻炼锻炼的。因此，我们并未受到歧视。

初干农活，当然很累。像起猪圈、刨冻粪这样的重活，真够一呛。我这才知道"劳动是沉重的负担"这句话的意义。但还是咬着牙挺过来了。我当时想：只要我下一步不倒下来，死掉，我就得拼命地干。大部分的农活我都干过，力气也增长了，能够扛一百七十斤重的一麻袋粮食稳稳地走上和地面成四十五度角那样陡的高跳。后来相对固定在果园上班。果园的活比较轻松，也比"大田"有意思。最常干的活是给果树喷波尔多液。硫酸铜加石灰，兑上适量的水，便是波尔多液，颜色浅蓝如晴空，很好看。喷波尔多液是为了防治果树病害，是常年要喷的。喷波尔多液是个细致活。不能喷得太少，太少了不起作用；不能太多，太多了果树叶子挂不住，流了。叶面、叶背都得喷到。许多工人没这个耐心，于是喷波尔多液的工作大部分落在我的头上，我成了喷波尔多液的能手。喷波尔多液次数多了，我的几件白衬衫都变成了浅蓝色。

我们和农业工人干活在一起，吃住在一起。晚上被窝挨着被窝睡在一铺大炕上。农业工人在枕头上和我说了一些心里话，没有顾忌。我这才比较切近地观察了农民，比较知道中国的农村，中国的农民是怎么一回事。这对我确立以后的生活态度和写作态度是很有好处的。

我们在下面也有文娱活动。这里兴唱山西梆子（中路梆子），工人里不少都会唱两句。我去给他们化妆。原来唱旦角的都是用粉妆，——鹅蛋粉、胭脂，黑锅烟子描眉。我改成用戏剧油彩，这比粉妆要漂亮得多。我勾的脸谱比张家口专业剧团的"黑"（山西梆子谓花脸为"黑"）还要干净讲究。遇春节，沙岭子堡（镇）闹社火，几个年轻的女工要去跑旱船，我用油底浅妆把她们一个个打扮得如花似玉，轰动一堡，几个女工高兴得不得了。我们和几个职工还合演过戏，我记得演过的有小歌剧《三月三》、崔嵬的独幕话剧《十六条枪》。一年除夕，在"堡"里演话剧，海报上特别标出一行字：

台上有布景

这里的老乡还没有见过布景。这布景是我们指导着一个木工做的。演完戏，我还要赶火车回北京。我连妆都没卸干净，就上了车。

一九五九年底给我们几个人做鉴定，参加的有工人组长和部分干部。工人组长一致认为：老汪干活不藏奸，和群众关系好，"人性"不错，可以摘掉右派帽子。所领导考虑，才下来一年，太快了，再等一年吧。这样，我就在一九六〇年在交了一个思想总结后，经所领导宣布：摘掉右派帽子，结束劳动。暂时无接受单位，在本所协助工作。

我的"工作"主要是画画。我参加过地区农展会的美术工作（我用多种土农药在展览牌上粘贴出一幅很大的松鹤图，色调古雅，这里的美术中专的一位教员曾特别带着学生来观摩）；我在所里布置过"超声波展览馆"（"超声波"怎样用图像表现？声波是看不见的，没有办法，我就画了农林牧副渔多种产品，上面一律用圆规蘸白粉画了一圈又一圈同心圆）。我的"巨著"，是画了一套《中国马铃薯图谱》。这是所里给我的任务。

这个所有一个下属单位"马铃薯研究站"，设在沽源。为什么设在沽源？沽源在坝上，是高寒地区（有一年下大雪，沽源西门外的积雪跟城墙一般高）。马铃薯本是高寒地带的作物。马铃薯在南方种几年，就会退化，需要到坝上调种。沽源是供应全国薯种的基地，研究站设在这里，理所当然。这里集中了全国各地、各个品种的马铃薯，不下百来种。我在张家口买了纸、颜色、笔，带了在沙岭子新华书店买得的《癸巳类稿》《十驾斋养新录》和两册《容斋随笔》（沙岭子新华书店进了这几种书也很奇怪，如果不是我买，大概永远也卖不出去），就坐长途汽车，奔向沽源。其时在八月下旬。

我在马铃薯研究站画《图谱》，真是神仙过的日子。没有领导，不用开会，就我一个人，自己管自己。这时正是马铃薯开花，我每天蹚着露水，到试验田里摘几丛花，插在玻璃杯里，对着花描画。我曾经给北京的朋友写过一首长诗，叙述我的生活。全诗已忘，只记得两句：

坐对一丛花，

眸子炯如虎。

下午，画马铃薯的叶子。天渐渐凉了，马铃薯陆续成熟，就开始画薯块。画一个整薯，还要切开来画一个剖面。一块马铃薯画完了，薯块就再无用处，我于是随手埋进牛粪火里，烤烤，吃掉。我敢说，像我一样吃过那么多品种的马铃薯的，全国盖无第二人。

沽源是绝塞孤城。这本来是一个军台。清代制度，大臣犯罪，往往由皇帝批示"发往军台效力"，这处分比充军要轻一些（名曰"效力"，实际上大臣自己并不去，只是闲住在张家口，花钱雇一个人去军台充数）。我于是在《容斋随笔》的扉页上，用朱笔画了一方图章，文曰：

效力军台

白天画画，晚上就看我带去的几本书。

一九六二年初，我调回北京，在北京京剧团担任编剧，直至离休。

摘掉右派分子帽子，不等于不是右派了。"文革"期间，有人来外调，我写了一个旁证材料。人事科的同志在材料上加了批注：

该人是摘帽右派，所提供情况，仅供参考。

我对"摘帽右派"很反感，对"该人"也很反感。"该人"跟"该犯"差不了多少。我不知道我们的人事干部从什么地方学来的这种带封建意味的称谓。

"文化大革命"，我是本单位第一批被揪出来的，因为有"前科"。

"文革"期间给我贴的大字报，标题是：

老右派，新表演

我搞了一些时期"样板戏"，江青似乎很赏识我，于是忽然有一天宣布："汪曾祺可以控制使用。"这主要当然是因为我曾是右派。在"控制使用"的压力下搞创作，那滋味可想而知。

一直到一九七九年给全国绝大多数右派分子平反，我才算跟右派的影子告别。我到原单位去交材料，并向经办我的专案的同志道谢："为了我的问题的平反，你们做了很多工作，麻烦你们了，谢谢！"那几位同志说："别说这些了吧！二十年了！"

有人问我："这些年你是怎么过来的？"他们大概觉得我的精神状态不错，有些奇怪，想了解我是凭仗什么力量支持过来的。我回答：

"随遇而安。"

丁玲同志曾说她从被划为右派到北大荒劳动，是"逆来顺受"。我觉得这太苦涩了，"随遇而安"，更轻松一些。"遇"，当然是不顺的境遇，"安"，也是不得已。不"安"，又怎么着呢？既已如此，何不想开些。如北京人所说："哄自己玩儿。"当然，也不完全是哄自己。生活，是很好玩的。

随遇而安不是一种好的心态，这对民族的亲和力和凝聚力是会产生消极作用的。这种心态的产生，有历史的原因（如受老庄思想的影响），本人气质的原因（我就不是具有抗争性格的人），但是更重要的是客观，是"遇"，是环境的、生活的，尤其是政治环境的原因。中国的知识分子是善良的。曾被打成右派的那一代人，除了已经死掉的，大多数都还在努力地工作。他们的工作的动力，一是要证实自己的价值。人活着，总得做一点事。二是对生我养我的故国未免有情。但是，要恢复对在上者的信任，甚至轻信，恢复年轻时的天真的热情，恐怕是很难了。他们对世事看淡了，看透了，对现实多多少少是疏离的。受过伤的心总是有璺的。人的心，是脆的。

这是没有办法的事。

为政临民者，可不慎乎。

一九九一年一月三十一日

山和人

——泰山片石之一

泰即太，太的本字是大。段玉裁以为太是后起的俗字，太字下面的一点是后人加上去的。金文、甲骨文的大字下面如果加上一点，也不成个样子，很容易让人误解，以为是表示人体上的某个器官。

因此描写泰山是很困难的。它太大了，写起来没有抓挠。三千年来，写泰山的诗里最好的，我以为是诗经的《鲁颂》："泰山岩岩，鲁邦所詹。""岩岩"究竟是一种什么感觉，很难捉摸，但是登上泰山，似乎可以体会到泰山是有那么一股劲儿。詹即瞻。说是在鲁国，不论在哪里，抬起头来就能看到泰山。这是写实，然而写出了一个大境界。汉武帝登泰山封禅，对泰山简直不知道怎么说才好，只好发出一连串的感叹："高矣！极矣！大矣！特矣！壮矣！赫矣！惑矣！"完全没说出个所以然。这倒也是一种办法，人到了超经验的景色之前，往往找不到合适的语言，就只好狗一样地乱叫。杜甫诗《望岳》，自是绝唱，"岱宗夫如何，齐鲁青未了"，一句话就把泰山概括了。杜甫真是一个深受儒家思想影响的伟大的现实主义者，这一句诗表现了他对祖国山河的无比的忠悃。相比之下，李白的"天门一长啸，万里清风来"，就有点洒狗血。李白写了很多好诗，很有气势，但有时底气不足，便只好洒狗血，装疯。他写泰山的几首诗都让人有底气不足之感。杜甫的诗当然受了《鲁颂》的影响，"齐鲁青未了"，当自"鲁邦所詹"出。张岱说"泰山元气浑厚，绝不以玲珑小巧示人"，这话是说得对的。大概写泰山，只能从宏观处着笔。郦道元写三峡可以取法。柳宗元的《永州八记》刻琢精深，以其法写泰山即不大适用。

写风景，是和个人气质有关的。徐志摩写泰山日出，用了那么多华丽鲜明的颜色，真是"浓得化不开"。但我有点怀疑，这是写泰山日出，还是写徐志摩自己？我想周作人就不会这样写。周作人大概根本不会去写日出。

我是写不了泰山的，因为泰山太大，我对泰山不能认同。我对一切伟大的东西总有点格格不入。我十年间两登泰山，可谓了不相干。泰山既不能进入我的内部，我也不能外化为泰山。山自山，我自我，不能达到物我同一，山即是我，我即是山。泰山是强者之山，我自以为这个提法很合适，我不是强者，不论是登山还是处世。我是生长在水边的人，一个平常的、平和的人。我已经过了七十岁，对于高山，只好仰止。我是个安于竹篱茅舍、小桥流水的人。以惯写小桥流水之笔而写高大雄奇之山，殆矣。人贵有自知之明，不要"小鸡吃绿豆——强努"。

同样，我对一切伟大的人物也只能以常人视之。泰山的出名，一半由于封禅。封禅史上最突出的两个人物是秦皇汉武。唐玄宗作《纪泰山铭》，文词华缛而空洞无物。宋真宗更是个沐猴而冠的小丑。对于秦始皇，我对他统一中国的丰功，不大感兴趣。他是不是"千古一帝"，与我无关。我只从人的角度来看他，对他的"蜂目豺声"印象很深。我认为汉武帝是个极不正常的人，是个妄想型精神病患者，一个变态心理的难得的标本。这两位大人物的封禅，可以说是他们的人格的夸大。看起来这两位伟大人物的封禅的实际效果都不怎么样。秦始皇上山，上了一半，遇到暴风雨，吓得退下来了。按照秦始皇的性格，暴风雨算什么呢？他横下心来，是可以不顾一切地上到山顶的。然而他害怕了，退下来了。于此可以看出，伟大人物也有虚弱的一面。汉武帝要封禅，召集群臣讨论封禅的制度。因无旧典可循，大家七嘴八舌瞎说一气。汉武帝恼了，自己规定了照祭东皇太乙的仪式，上山了。却谁也不让同去，只带了霍去病的儿子一个人。霍去病的儿子不久即得暴病而死。他的死因很可疑，于是汉武帝究竟在山顶上鼓捣了什么名堂，谁也不知道。封禅是大典，为什么要这样保密？看来汉武帝心里也有鬼，很怕他的那一套名堂不灵验，为人所讥。

但是，又一次登了泰山，看了秦刻石和无字碑（无字碑是一个了不起的杰作），在乱云密雾中坐下来，冷静地想想，我的心态比较透亮了。我承认泰山很雄伟，尽管我和它不能水乳交融，打成一片；承认伟大的人物确实是伟大的，尽管他们所做的许多事不近人情。他们是人里头的强者，这是毫无办法的事。在山上待了七天，我对名山大川，伟大人物的偏激情绪有所平息。

同时我也更清楚地认识到我的微小，我的平常，更进一步安于微小，安于平常。

这是我在泰山受到的一次教育。

从某个意义上说，泰山是一面镜子，照出每个人的价值。

碧霞元君

——泰山片石之二

泰山牵动人的感情，是因为它关系到人的生死。人死后，魂魄都要到蒿里集中。汉代挽歌有《薤露》《蒿里》两曲。或谓本是一曲，李延年裁之为二，《薤露》送王公贵人，《蒿里》送大夫士庶。我看二曲词义，各成首尾，似本即二曲。《蒿里》词云：

> 蒿里谁家地？
> 聚敛魂魄无贤愚。
> 鬼伯一何相催迫，
> 人命不得少踟蹰。

写得不如《薤露》感人，但如同说话，亦自悲切。十年前到泰山，就想到蒿里去看看，因为路不顺，未果。蒿里山才多大的地方，天下的鬼魂都聚在那里，怎么装得下呢？也许鬼有形无质，挤一点不要紧。后来不知怎么又出来个酆都城。这就麻烦了，鬼们将无所适从，是上山东呢，还是到四川？我看，随便吧。

泰山神是管死的。这位神不知是什么来头。或说他是金虹氏，或说是《封神榜》上的黄飞虎。道教的神多是随意瞎编出来的。编的时候也不查查档案，于是弄得乱七八糟。历代帝王对泰山神屡次加封，老百姓则称之为东岳大帝。全国各地几乎都有一座东岳庙，亦称泰山庙。我们县的泰山庙离我家很近，我对这位大帝是很熟悉的（一张油白发亮的长圆脸，疏眉细眼，五绺胡须）。我小小年纪便知道大帝是黄飞虎，并且小小年纪就觉得这很滑稽。

中国人死了，变成鬼，要经过层层转关系，手续相当麻烦。先由本宅灶君报给土地，土地给一纸"回文"，再到城隍那里"挂号"，最后转到东岳大帝那里听候发落。好人，登银桥。道教好人上天，要经过一道桥（这想象倒是颇美的），这桥就叫"升仙桥"。我是亲眼看见过的，是纸扎的。道士诵经后，桥即烧去。这个死掉的人升天是不是经过东岳大帝批准了，不知道。不过死者的家属要给道士一笔劳务费，我是知道的。坏人，下地狱。地狱设各种酷刑：上刀山、下油锅、锯人、磨人……这些都塑在东岳庙的两廊，叫作"七十二司"。听说泰山蒿里祠也有"司"，但不是七十二，而是七十五，是个单数，不知是何道理。据我的印象，人死了，登桥升天的很少，大部分都在地狱里受罪。人都不愿死，尤其不愿在七十二司里受酷刑——七十二司是很恐怖的，我小时即不敢多看，因此，大家对东岳大帝都没什么好感。香，还是要烧的，因为怕他。而泰山香火最盛处，为碧霞元君祠。

碧霞元君，或说是泰山神的侍女、女儿，或说是玉皇大帝的女儿，又说是玉皇大帝的妹妹。道教诸神的谱系很乱，差一辈不算什么。又一说是东汉人石守道之女。这个说法不可取，这把元君的血统降低了，从贵族降成了平民。封之为"天仙玉女碧霞元君"的，是宋真宗。老百姓则称之为泰山娘娘，或泰山老奶奶。碧霞元君实际上取代了东岳大帝，成为泰山的主神。"礼岱者皆祷于泰山娘娘祠庙，而弗旅岳神久矣。"（福格《听雨丛谈》）泰安百姓"终日仰对泰山，而不知有泰山，名之曰奶奶山"（王照《行脚山东记》）。

泰山神是女神，为什么？这很容易让人联想原始社会母性崇拜的远古隐秘心理的回归，想到母系社会。这不是没有道理的。我们不管活得多大，在深层心理中都封藏着不止一代人对母亲的记忆。母亲，意味着生。假如说东岳大帝是司死之神，那么，碧霞元君就是司生之神，是滋生繁衍之神。或者直截了当地说，是母亲神，人的一生，在残酷的现实生活之中，艰难辛苦，受尽委屈，特别需要得到母亲的抚慰。明万历八年，山东巡抚何起鸣登泰山，看到"四方以进香来谒元君者，辄号泣如赤子久离父母膝下者"。这里的"父"字可删。这种现象使这位巡抚大为震惊，"看出了群众这种感情背后隐藏着对冷酷现实强烈否定"（车锡伦《泰山女神的神话信仰与宗教》）。这位何巡抚是个有头脑，能看问题的人。对封建统治者来说，这种如醉如痴的半疯狂的感情，是一种可怕的力量。

碧霞元君当然被蒙上世俗宗教的唯利色彩，如各种人来许愿、求子。

车锡伦同志在他的《泰山女神的神话信仰与宗教》的最后提出一个很有意思的问题，即对碧霞元君"净化"的问题。怎样"净化"？我们不能把碧霞元君祠翻造成巴黎圣母院那样的建筑，也不能请巴赫那样的作曲家来写像《圣母颂》一样的《碧霞元君颂》。但是好像也不是一点办法都没有。比如能不能组织一个道教音乐乐队，演奏优美的道教乐曲，调集一些有文化的炼师诵唱道经，使碧霞元君在意象上升华起来，更诗意化起来？

任何名山都应该提高自己的文化层次，都有责任提高全民的文化素质。我希望主管全国旅游的当局，能思索一下这个问题。

京剧杞言

——兼论荒诞喜剧《歌代啸》

京剧有没有危机？有人说是没有的。前几年就有人认为京剧的现况好得很，凡认为京剧遇到危机（或"不景气"、"衰落"等等近似而较为婉转的说法）的人都是瞎说。或承认危机，但认为很快就会过去，京剧很快就会有一个辉煌的前途。这些好心的，乐观主义的说法，只能使京剧的危机加速，加剧。

京剧受到其他艺术的冲击，不得不承认，受电影的、电视的、流行歌曲的、卡拉OK的。流行歌曲的作者不知是一些什么人，为什么要写得那样不通："四面楚歌是姑息的剑"，是什么意思，百思不得其解。"楚歌"、"姑息"、"剑"这几个概念怎么能放在一起呢？然而流行歌曲到处流行，你有什么办法？小青年宁愿花三十块钱到卡拉OK舞厅去喝一杯咖啡，不愿花五块钱买一张票去听京剧。

整个民族的文化素质的下降，是京剧衰落的一个原因。看北京的公共汽车的乘客（多半是青年）玩儿命似的挤车，让人悟出：这是京剧不上座的原因之一。

我对上海昆曲剧团的同志始终保持最高的敬意。他们的戏总是那样精致，那样讲究，那样美！但是听说卖不了多少票。像梁谷音那样的天才演员的戏会没有多少人看，想起来真是叫人气闷。有些新编的或整理的戏是很不错的，但是"尽内行不尽外行"，报刊上的评论充满热情，剧场里面"小猫三只四只"。无可奈何。

戏曲艺术教育的不普及，不深入，是戏曲没落的一个原因。台湾的情况似乎比我们稍好一些。我所认识的一位教现代文学也教戏曲史的教授是带着学生看戏的；一位著名的舞蹈家兼大学的舞蹈系主任的先生指定学生必须看京剧，看完了还得交心得，否则不给学分。他说："搞舞蹈的，不看京剧怎么行！"已故华粹深先生在南开大学教课时是要学生听唱片的。吴小如先生是京剧行家，但是他在北大似乎不教京剧这门课。现在有些演员到中小学去辅导学生学京剧，这很好，但是不能只限于形而下的技巧，只限于手眼身法步，圆场、云手……得从戏曲美学角度讲得深一点。这恐怕就不是一般演员所能胜任的了。

京剧的衰落除了外部的，社会的原因，京剧本身也存在问题。京剧活了小二百年，它确实是衰老了。京剧的机体已经老化，不是得了伤风感冒而已。京剧的衰老，首先表现在其戏剧观念的陈旧。

我曾经是一个编剧，只能就戏曲文学这个角度谈一点感想。

　　京剧对剧本作用的压低也未免过分了一点。有人以为京剧的剧本只是给演员提供一个表现意象的框架，这说得很惨。不幸的是，这是事实。又不幸的是，京剧为之付出惨重的代价，即京剧的衰亡。这个病是京剧自出娘胎时就坐下的，与生俱来。后来也没有治。京剧不需要剧作家。京剧有编剧，编剧不一定是剧作家。剧作家得自成一家，得是个"家"，就是说，有他的一套。他有他的独特的看法，对生活的，对戏曲本身的——对戏剧的功能、思想、方法的只此一家的看法。这些看法也许是不完整的，支离破碎的，自相矛盾的，模模糊糊的，只是一种愿望，一种冲动，但毕竟是一种看法。剧作家大都不善持论，他的不成熟的看法更多地表现在他的剧作之中。他的剧作多多少少会给戏曲带进一点新的东西，对戏曲观念带来哪怕是局部的更新。他的剧作将是带有强烈的个人色彩的，并且具备一定的在艺术上的叛逆性，可能会造成轻微的小地震。但是这样的京剧剧作家很少。于是京剧的戏剧观基本上停留在四大徽班进京的时期。

　　周扬同志曾说过，京剧能演历史剧，是它的很大的长处，但是京剧对历史事件和历史人物往往是简单化的。都说京剧表现的人物性格是类型化的，这一点大概无可否认。"简单化"、"类型化"，无非是说所表现的只是人物的外部性格，没有探到人物的深层感情。是不是中国的古人就是这样性格简单，没有隐秘的心理活动？不能这样说。汉武帝就是一个非常复杂，充满戏剧性的心理矛盾的人物。他的宰相和皇后没有一个是善终的。他宠任江充，相信巫蛊，逼得太子造了反。他最后宠爱钩弋夫人，立她的儿子为太子，但却把钩弋夫人杀了，"立其子而杀其母"。他到底为什么要把司马迁的生殖器割掉？这都是很可捉摸的变态心理。诸葛亮也是并不"简单"的人。刘备临危时甚至于跟他说出这样的话："若嗣子可辅，辅之。如其不可，君可自为。"话说到了这个份儿，君臣之间的关系是相当紧张复杂的。"鞠躬尽瘁，死而后已"这两句话包含很深的悲剧性。可是京剧很少表现人物的内心世界。戏曲表现人物内心世界的，不是没有。《烂柯山》即是，《痴梦》一场尤为淋漓尽致。但是这不是京剧，是昆曲。

　　板腔体取代了曲牌体，从文学角度看，是一个倒退。曲牌体所能表现的内容要比板腔体丰富一些，人物感情层次要更多一些，更曲折一些，形式上的限制也少一些。一般都以为昆曲难写，其实昆曲比京剧自由。越是简单的形式越不好崴咕。我始终觉得昆曲比京剧会更有前途，别看它现在的观众比京剧还少。

中国戏曲的创作态度过于严肃。中国对戏的要求始终是实用主义的。这和源远流长，占统治地位的儒家思想是有关系的。中国戏曲一直是非常自觉地，过度地强调教育作用。因此中国戏曲的主题大都是单一的，浅露的。中国戏曲不允许主题的模糊性，不确定性，荒诞性。人们看戏，首先要问：这出戏"说"的是什么，不许"不知道说的是什么"，不允许不知所云。中国戏里真正的喜剧极少，荒诞喜剧尤少。

京剧的荒诞喜剧大概只有一出《一匹布》，可惜比较简单，比较浅。

真正称得起是荒诞喜剧的杰作的，是徐渭（文长）的《歌代啸》。这个剧本是中国戏曲史上的一个奇迹。

这出戏的构思非常奇特。不是从一人一事，也不是从一般意义上的哲学的理念出发，而是由四句俗话酿出了创作灵感，"探来俗语演新戏"（开场）。杂剧正名说得清楚：

> 没处泄愤的是冬瓜走去拿瓠子出气，
> 有心嫁祸的是丈母牙疼灸女婿脚跟，
> 眼迷曲直的是张秃帽子教李秃去戴，
> 胸横人我的是州官放火禁百姓点灯。

徐文长是一大怪人。或谓文长胸中有一股不平之气，是诚然也。"歌代啸"的"啸"即"抬望眼仰天长啸"之"啸"。魏晋人的啸，后来失传了。徐文长的啸大概只是大声的呼喊。陶望龄《徐文长传》谓："渭貌修伟肥白，音朗然如唳鹤，常中夜呼啸，有群鹤应焉。"半夜里喊叫，是够怪的。说《歌代啸》是嬉笑怒骂，是愤世嫉俗，这些都可以。但是《歌代啸》已经不似《四声猿》一样锋芒外露，它对生活的层面概括得更广，感慨也埋得更深。是"歌"，不复是"啸"。也许有笨人又会问："这个杂剧究竟说的是什么？"我们也可以做一个很笨的回答，是说"世界是颠倒的，生活是荒谬的"。但是这些岂有此理的现象又是每天发生的；平平常常的，没有什么值得大惊小怪的。（开场）〔临江仙〕唱道："凭他颠倒事，直付等闲看。"徐文长对剧中人事的态度是：既是投入的，又是超脱的；既是调侃的，又是俨然的。沉痛其里，但是，荒诞其外。

陶石篑对《歌代啸》说了一句话："无深求"（《歌代啸》序）。这是读《歌代啸》最好的态度。一定要从里面"挖掘"出一点什么东西，是买椟还珠。我上面所说的对于此剧"思想内涵"的分析实在是很笨。

真难为徐文长，把四句俗话赋之以形象，使之具体化为舞台动作，化抽象为具象。而且把本不相干的生活碎片拨弄成一个完完整整，有头有尾，情节贯通的戏。

随意性是现代喜剧艺术的很重要的特点。有没有随意性是才子戏和行家戏的区别所在。《歌代啸》的结构同时具有严整性和随意性。它有埋伏，有呼应，有交代。我们现在行家戏多，才子戏少。

才子戏少，在戏曲文体上就很难有较大突破。

《歌代啸》的语言极精彩，这才叫作喜剧语言！剧本妙语如珠，俯拾即是，信手拈来，涉笔成趣。剧中有大量的口语俗语。

徐文长的剧品，我以为不在关汉卿下。若就喜剧成就论，可谓空前。文长以前，无荒诞喜剧。有之，自文长始。中国的荒诞剧，文长实为先河。中国在十六世纪就有现代主义。如果我们不把"现代主义"只看着是一个时间的概念，而看着是反传统戏剧观念的概念，这样说似乎也是可以的。这大概是怪论。

《歌代啸》大概没有在舞台上演出过。京剧更是想也没有想过演出这个戏，这样的戏。京剧压根儿就没有考虑过演出这样的戏，我以为这是京剧走向衰亡的一个重要原因。这当然是怪论。

中国的京剧（包括其他的古典戏曲）的前途何在？我以为不外是两途。一是进博物馆。现在不是讨论要不要把京剧送进博物馆的问题，而是怎样及早建立一个博物馆的问题。我以为应该建立一个极豪华之能事的大剧院，把全国的一流演员请进来，给予高额的终身待遇，加之以桂冠，让他们偶尔露演传统名剧，可以原封不动，或基本不动。也可以建立一个昆剧院。另外，再建一个大剧院，演出试验性、探索性的剧目。至于一些非名角、小剧团，国家会有办法。

图书在版编目（CIP）数据

汪曾祺小品 / 汪曾祺著.—上海：上海三联书店，2018.9
ISBN 978-7-5426-6427-3

Ⅰ．①汪… Ⅱ．①汪… Ⅲ．①小品文—作品集—中国—当代
Ⅳ．①I267.3

中国版本图书馆CIP数据核字（2018）第176028号

汪曾祺小品

著　　者／汪曾祺

责任编辑／朱静蔚
特约编辑／李志卿　丁敏翔
装帧设计／微言视觉工坊｜阿龙　小麦
监　　制／姚　军
责任校对／丁敏翔

出版发行／上海三联书店
　　　　　（201199）中国上海市闵行区都市路4855号2座10楼
邮购电话／021-22895557
印　　刷／山东临沂新华印刷物流集团有限责任公司

版　　次／2018年9月第1版
印　　次／2018年9月第1次印刷
开　　本／787×1092　1/32
字　　数／163千字
印　　张／9.25
书　　号／ISBN 978-7-5426-6427-3／Ⅰ·1434
定　　价／48.00元

敬启读者，如发现本书有印装质量问题，请与印刷厂联系0539-2925680。